# 極上パイロットの懐妊花嫁

～一夜限りのはずが、過保護な独占愛に捕らわれました～

marmaladebunko

若菜モモ

JN052515

marmalade bunko

マーマレード文庫

# 目次

## 極上パイロットの懐妊花嫁
～一夜限りのはずが、過保護な独占愛に捕らわれました～

# 極上パイロットの懐妊花嫁

～一夜限りのはずが、過保護な独占愛に捕らわれました～

# 一、占い師のおばあさんの言葉

「アップグレードしろって、言ってるんだよ！」

私、清水心音《しみずここね》が勤めるハートスカイジャパン航空の二カ所ある香港《ほんこん》チェックインカウンターで、スーツ姿の日本人男性が突然怒鳴り声を上げた。

私が担当をしている隣のカウンターだ。

接客しているのは、従妹《いとこ》であり同僚でもあるわが社のGS《グランドスタッフ》西森唯《にしもりゆい》ちゃん。

ふたり一組で職務に就いている、唯ちゃんともうひとりの同僚は、怒鳴り散らしている壮年の男性客にあわあわと困りながらも、「申し訳ございませんが、それはできません」と、頭を下げて対応している。

だが、男性客はそれでも引かずに顔を真っ赤にして文句たらたらだ。

この場では私が責任者。困り果てているふたりを助けなければと、カウンターを出て男性客に近づく。

「お客様、何か不手際でもございましたでしょうか？」

アップグレードしろとごねているのはわかっているけれど、激怒している男性客には頭から無理だと言っても聞いてくれないだろうと、落ち着いてもらうためにもそう尋ねた。

ごくまれに「何度も言っているだろう！」と言い返されるときもあるが……。

「何度も何度も！　このエアラインのスタッフは教育がなってないっ！」

怒り心頭に発する男性客は、その〝ごくまれの人〟だったようだ。

「心音さん、この方はエコノミークラスからビジネスクラスへアップグレードしてほしいとおっしゃっているのですが……。満席なんです」

唯ちゃんもカウンターから出てきて説明する。

「申し訳ございません。本日の成田《なりた》国際空港行きのフライトですが、ビジネスクラスは満席になっております」

「嘘《うそ》を言うな！　他の奴にアップグレードの話をしていたのを聞いていたんだぞ！　俺の席を変更しろ！　元々ビジネスクラスに予約を入れたかったのに、空いていなかったんだからな」

「ビジネスクラスはすでに満席となっておりますので、お席の変更はいたしかねます。

申し訳ございませんが、ご理解のほどお願いいたします」

「お前らはオウムか!? 何度も何度も同じことを言いやがって!」

まだ正午だというのに、息がアルコール臭い。

顔を真っ赤にさせている要因は、お酒が入っているからのようだ。

そもそも航空会社側の都合によるオーバーブッキングなどがあった場合、同じ便の空いている別のクラスにアップグレードし、席を移動してもらうことはある。ただし、お客様からの要望ではできないのだ。

しかし、この男性客は他の乗客にアップグレードしたところを聞いていたようなので、こちらは低姿勢で謝るしかない。

「ご希望に添えず、大変申し訳ございません」

再度、丁寧に頭を下げたとき、「ふざけるな! 大手と違って社員教育がなってなさすぎる!」と、強く肩を押されて後ろによろける。

「心音さんっ」

唯ちゃんが驚きの声を上げるのを聞きながら、このまま尻もちをついてしまうと思ったとき、背後から力強い腕に支えられて倒れるのをまぬがれた。

「大丈夫ですか?」

びっくりするくらい素敵《すてき》な男性の声が頭の上から降ってくる。

体を起こされてお礼を言う間もなく、私を助けてくれた人は一歩前に出て、眉根をギュッと寄せている男性客と対峙する形で立った。

私をかばうように立つ目の前の大きな背中に、思わずドキッとしてしまう。

「暴力を振るったところを大勢に目撃されていますよ。ここで逮捕されれば飛行機代は無駄《むだ》になり、さらに罰金を払うことになりますね。あそこで警備員も見ています。呼べばすぐに来るでしょう」

「な、なんなんだ。お前は！」

仲裁に入ってくれた人はさらに一歩、乱暴を働いた男性客に近づく。

「早く搭乗口へ行った方が身のためです。あー、こちらに来ますね」

警備員やお金の問題を出され、先ほどまで強気だった男性客はたじろぐ。

「う、うむ……」

「彼女たちに謝ってください。それによっては警備員に話をつけてもいい。それでいいでしょうか？」

振り返って私に確認する男性に、「はい」とうなずく。

「さあ、どうしますか？　このまま連れて行かれますか？　おとなしく日本へ帰りますか?」

さらに厳しいひと言で、男性客は「す、すみませんでした」と小さく頭を下げた。

「こちらこそ、申し訳ございませんでした。どうぞ良い旅を」

大げさにしたくなくて、丁寧にお辞儀をして男を送り出したところで、警備員ふたりがやって来た。

助けてくれた男性が流暢《りゅうちょう》な英語で事情を説明し、警備員は私たちに確認したあと立ち去る。

彼が振り返り、私を不機嫌そうな顔で見やる。

目と目が合って、一瞬惚《ほう》けてしまった。

声も素敵だったが、まれに見る整った顔立ちの男性だった。

「まったく、あれくらいの処理もスムーズにできないのか?」

お礼を言おうと思った矢先、思いもよらない言葉を投げかけられてあっけに取られる。

内心ムッとしたが、ピンチを救ってくれたのは事実なので、引きつった笑顔で頭を下げる。

「ありがとうございました」

絶対に「あなたのおかげで助かりました」なんて言わないんだから。

そこへ唯ちゃんがニコニコして男性を見上げる。

身長が百八十センチは優に超えているであろう姿と端正な顔立ちに、唯ちゃんは頬を赤らめている。

白Tシャツの上に羽織った半袖の水色のシャツにグレーのスラックスは、ラフな姿なのにどこか品があって、命令することに慣れている風格を備えた男性であるのは否《いな》めない。

敵に回したくないタイプだ。だからあの男性も尻尾を巻いて去ったのだ。

「助けていただき、ありがとうございました！」

唯ちゃんは笑顔を浮かべ、綺麗なお辞儀をする。

「西森さん、お客様が待っているわ。早く業務に戻ってください」

彼女がカウンターの中へ戻るのを見届け、もう一度男性へ顔を向けたときには、彼の姿は人ごみに消えていくところだった。

なんなの……。

かっこいいけれど、嫌な人。あんな風に言わなくてもいいのに。

結局のところ、心からお礼を言えずにモヤモヤしてしまい、すっきりしない気持ちが残った。

　助けてくれた相手に対して不愉快に思うだなんて、自分らしくなかったと心の中で反省して業務に戻る。

　念のため、先ほどの男性のトラブルを成田国際空港行きのチーフパーサー宛に、内容を打ち込んでメッセージを送った。


　その夜、わが社の寮近くのレストランで、唯ちゃんと青菜の炒め物や、あさりの辛味を利かせた炒め物、牛肉がのった土鍋ご飯を食べながら、ビールをふたりで一本分け合って夕食を食べている。

　ふたりともアルコールは得意じゃなかったが、今日みたいなことがあると飲みたくなるのだ。

「大手じゃないって言葉、きつかったな」

　グラスに入ったビールをひと口飲んで、「ふぅ～」とため息を漏《も》らす。

　仕事中はきちんとシニヨンに結っている髪だが、今は梳《す》いて肩にふんわりかかっている髪にぐしゃぐしゃっと手を入れる。

「ＬＣＣは一部の人からは低評価だから……」

唯ちゃんも暗い顔でポツリとこぼす。

小さい頃からよく一緒に遊んでいた彼女は妹みたいな存在で、仕事中は敬語で話すが、プライベートでは親しい口調になる。

「大きかろうが小さかろうが、私たちは誇《ほこ》りを持って仕事をしているんだから、気にしないようにしなきゃ」

わが社はいわゆるＬＣＣ、格安航空会社である。

香港の投資会社が出資して、二十年前にハートスカイジャパン航空が設立された。通称、ＨＳＪと言われている。

本社は千葉《ちば》県の国際的なイベントや大手企業の社屋が多い幕張《まくはり》新都心にある。

従業員は五百名弱で、そのうちパイロットが百名、客室乗務員が三百名、オフィスに百名が働いている。

ハートスカイジャパン航空は成田国際空港から日本の主要都市線、台湾《たいわん》線、香港線、そして香港からベトナム・ハノイ便を飛んでいる。

社長は私の父親、清水龍太郎《りゅうたろう》で、社名は私の名前心音の〝心〟から取ったと聞いている。

世間的には社長令嬢の私だけれど、損失は出ないものの順風満帆《まんぱん》な経営ではないようで、お手伝いさんがいるような豪邸ではなく、ごく普通の家庭で育った。

弟の悠人《はると》は二十一歳。都内にある私立大学の経営学部の三年生で、わが家は両親と弟の四人家族だ。

幼少の頃から、元パイロットの父が会社にかける情熱を見てきたので、将来手伝いができればと考えていた。

でも、父は会社の経営よりも、本当はパイロットを続けたかったに違いない。

そんな父の影響を受けた私も飛行機が大好きで、ＣＡに憧れを抱いた時期もあったが、ＧＳ職は将来経営に携わる過程において、色々なことを学べると大学在学中に決めたのだ。

私立の女子大学を出てから、一年間成田国際空港でＧＳの仕事を学び、香港支社へ異動して四年目だ。

母の妹の子供、唯ちゃんは二歳年下で半年前に成田からこちらに異動してきた。

私たちは香港国際空港からバスで約十五分の所にある、東涌《トンチョン》の高層マンションの部屋で共同生活をしている。

定員は三人。他に事務職の真中美鈴《まなかみすず》さんと住んでいる。彼女は私より四歳上の三十歳で、香港勤務の先輩だ。

真面目な性格で、香港が好きな彼女はもう七年この地で働いていた。

香港線がメインのわが社は、東涌の高層マンションの部屋を十部屋借り上げ、日本から三十人が駐在していた。

東涌は山と海に囲まれ、九龍《クーロン》半島や香港島の繁華街に比べて田舎だが、電車に乗ればそれほどかからずに行けるので、休日は出掛けて楽しんでいる生活を送っている。

唯ちゃんが青菜炒めをパクッと食べて咀嚼《そしゃく》してから、頬杖《づえ》をつく。

「それにしても、助けてくれたあの男性、イケメンだったね。あんな状況じゃなかったら連絡先を聞いていたのに」

彼女は叔母の顔によく似ていて、黒髪を顎までのボブにして、キリッとした一重の和風美人だ。

童顔の私はシニヨンを解くと、唯ちゃんよりも二歳年上なのに、彼女より年下に見られてしまう。

生まれつき色素が薄く、二重の大きなブラウンの目と少し低めの鼻、アンバランスな大きめの口のせいだろう。

「カジュアルな装いだったけど、淀みない英語《キングスイングリッシュ》を話していたから、きっと有能なビジネスマンね」

「そう思う」

唯ちゃんはうんうんとうなずいて同意する。

「でも、ちょっと性格が悪いわ」

ちゃんとお礼ができずに申し訳なかったが、今思うとバカにしたような少し鼻につく言い方だった。

「そうかな～、あの場で助けてくれたんだから優しい人なのよ。他にも近くに男性はいたのに知らん顔だったから」

「たしかにそうね……」

「気分転換しなくちゃ！　明日のお休みはおいしいもの食べに行きたいな」

「じゃあ、中環《セントラル》に新しくできた創作イタリアンにしようか。ランチならまあまあの値段だと聞いたわ」

日本を離れて香港勤務とはいえ、高給をもらっているのではなく、ごく一般的なお給料だ。

寮なので住居費は一律で払っている。寮といっても賄《まかな》いはなく、キッチンがあるので自分たちで用意するのだが、疲れて帰宅し料理を作るのも面倒で、なんだかんだと外に食べに出ることが多い。

現地の人が営んでいる大衆食堂は、リーズナブルでおいしいので、食事に困ったことはない。

滅多にないが、ちょっとした贅沢《ぜいたく》や自分へのご褒美《ほうび》に、九龍島の尖沙咀《チムサーチョイ》や香港島の五つ星ホテルなどで、ビクトリア・ハーバーを眺《なが》めながらゆったりとしたアフタヌーンティーを楽しむこともある。

来月はクリスマスなので、各ホテルのロビーや街の趣向を凝らした装飾を見るのもいい。

翌日は唯ちゃんと中環をぶらぶら歩き、昨日話していた創作イタリアンレストランに向かった。

その道すがら、活気溢れる街並みやビクトリア・ハーバーを眺め、独特の美しさに目を奪われる。

香港の高層ビル群も魅力的だが、古い街並みや寺院なども好きな景観である。

こちらに異動して四年も経つというのに、香港の景色はいつまでたっても飽《あ》きることなく胸を弾《はず》ませる。

数カ月前にオープンしたレストランは香港のおしゃれ女子たちに人気で、五組ほど待ってからの入店になった。

唯ちゃんも、眺めのいいテラスのソファ席での食事に喜んでいる。

「心音ちゃん、ウエスタンマーケットだったかな？　このあと、あそこに行ってみたいんだけど」

食後のアイスコーヒーを飲んでいるとき、唯ちゃんが口を開く。

「上環《ションワン》ね。香港で一番古いレンガの建物よね？」

「そう、そう。エモいからSNSにアップしたいの」
エ、エモい……。
二歳しか離れていないのに、唯ちゃんの言動についていけないことがある。

さっきもおしゃれな料理やノンアルコールのオレンジ色のカクテルジュースを、景色をバックにスマートフォンに収めていた。

「かわいい雑貨屋さんがあるんだって」

「そういえば、お母さんの誕生日がもうそろそろだから、そのお店で選ぶのもいいかも」

母は香港雑貨が好きで、半年に一度遊びに来ては、あちこちの観光名所や食事を楽しんでいる。私もできる限り付き合っている。

前回母が香港を訪れたのは夏だった。

レストランを出て唯ちゃんのリクエストどおりに、ウエスタンマーケットへ向かう。

少ししてビクトリア様式のレンガ造りの建物が見えてきた。

唯ちゃんはここでも今は使われていない赤いポストを撮っている。

雑貨店では香港名物のかわいらしいトラムのミニチュアが気に入って、母のために購入した。

トラムとは路面電車で、企業広告をラッピングして香港島を走っている。

あちこち見て回り、人気のカフェでマンゴーの果肉と生クリームがたっぷり入ったパンケーキを食べてひと休みする。

マンゴーで、美鈴さんを思い出す。

「美鈴さん、マンゴー大好きだから、これ気に入るわね。今朝誘おうと思ったら、すでに出掛けていたのよね」

「あ、昨日の夜に誘ったんだけど、マカオに出掛けるから今夜は帰らないって言っていたわ」

「そうだったの」

「お泊まりよ。きっと彼氏ができたんだと思う」

唯ちゃんは顔をニヤつかせる。

「三十歳だし、綺麗《きれい》な人だから、彼氏がいない方がおかしかったのよ」

「私たちだって、いてもおかしくないと思うんだけど、なのにこの現実……」

はぁと、唯ちゃんはため息をつく。

「なかなか出会いもないしね。だけど別に恋人がいなくても、私は今の生活で満足しているわ」

「えー、心音ちゃんは満足してるの？　信じられない。少しは焦《あせ》らないと、行き遅れちゃう」

「行き遅れ？　ふふっ、そうかもね。さてと、おなかいっぱいだから少し歩こうか」

伝票を持って会計を済ませると、建物の出口に向かった。

今の時季、昼間は半袖で過ごせるが、朝晩は涼しいし、建物の中はエアコンでギンギンに冷やされているので、薄手の上着があるといい。

しばらくしてお寺を見つけて中へ入る。

建物の中は提灯《とうろう》と蠟燭《ろうそく》が無数にある廟《びょう》で、唯ちゃんがスマートフォンで調べると、願いが叶《かな》うと有名な所らしい。

「占いもよく当たるって書いてある。心音ちゃん、行こう」

唯ちゃんは建物の隅にある、占い師のいる小さなテントへ私を引っ張っていく。

そこには、高齢のおばあさんが椅子《いす》に座っていた。

「あ、心音ちゃん通訳お願いね」

唯ちゃんはおばあさんに手で「座りなさい」と招かれて、小さなテーブルを挟んで腰を下ろした。

私は隣に立つ。

『何を占おうか？』

香港人が使う広東語《カントン》だ。

昔から航空業界を目指していた私は、将来のために中学生から英語と広東語を習い、大学でも国際学部で英語と中国語を専攻していた。

「何を占うかですって」

テント内に置かれた看板を見ると、ここの占いは人相・手相・四柱推命とある。

小さなテーブルの上には、ラミネートフィルムで加工された人相学の絵が置かれている。

「恋愛で！」

生年月日を紙に書いて、おばあさんに渡す。おばあさんは分厚い本で調べては、手相や人相を見ている。

「ドキドキしちゃう」

唯ちゃんは少し緊張した面持ちで私を見上げる。

そこでおばあさんが話し出す。

結果、恋人は当分やってこないらしい。結婚は三十二歳。その前に男に騙されないよう気をつけてと言われた。

それを通訳して唯ちゃんに教えると、ガクッと肩を落とす。

『ありがとうございました』

お礼を言ってお金をテーブルの上に置いたとき、おばあさんが私の手を握る。

『あなたはすぐに結婚する』

ニコニコと断言するおばあさんに、思わず首を左右に振る。

『恋人もいないのに、すぐに結婚はありえないかと』

正直に話す私に、おばあさんは皺《しわ》のある顔を緩ませる。

『来年……前半には生活が変わる』

生活が変わる？

そう言われても、今の状態では想像できない。

私の占いの料金も支払おうとすると、おばあさんはいらないと手を振り、私たちはテントから出た。

「心音ちゃん、おばあさんはなんて言ってたの？」

寺院を出てMTRの駅に歩を進めながら唯ちゃんが尋ねる。

「私がすぐに結婚するって。来年前半には生活が変わるって言っていたわ。恋人なんていないのにね」

「当たるって書いてあったけど、嘘《うそ》よ。私は男に騙されるな。結婚は晩婚だなんて言われて、正直ショックよ」

「ただの占いなんだから真に受けちゃだめよ」

「心音ちゃんだって、恋人なんていないのに。生活が変わるなんて、考えられないよね」

気に入らない結果だった彼女は頬をふくらませている。

そんな唯ちゃんの気分を変えるべく、私はある提案を口にする。

「ね、今日は天気もいいし、夜景が綺麗に見られるわ。このままビクトリア・ピークに登らない？　あそこで麺でも食べて帰ればいいわ」

ビクトリア・ピークは香港島の一番高い山で、こちら側の摩天楼《まてんろう》と対岸の九龍島の高層ビル群を見られる一番の有名観光地だ。

「行きたいわ！　今日の天気ならバッチリ撮影もできそうだし、明日も休みだからもっと楽しみたいもの」

唯ちゃんは半年前に香港支社に異動してきた。できる限りあちこち案内しているが、中でもビクトリア・ピークの景色は彼女のお気に入りになっている。

夜景だけでなく昼間の景色も素晴らしい。

このあとの予定が決まったので、さっそくピークトラム乗り場へ向かう。

ピークトラムはケーブルカーで二十七度の急こう配を上がっていく。かなりの急斜面なので楽しい。

乗り場は観光客がたくさん並び混んでいてすぐに乗車できなかったが、まだ日没にならない時刻に山頂に着いた。

空がオレンジ色に染まった夕焼けが見られ、そのまま暗くなっていくのをじっと眺める。唯ちゃんは何枚も写真をスマートフォンで撮っていた。

夕食は山頂にあるピークタワーで海老ワンタン麵を食べて、再びピークトラムで下山。ＭＴＲで香港駅まで戻ると、電車を乗り換えて寮へ戻った。

十二月に入った木曜日、成田国際空港行きの最終便のチェックインを滞りなく済ませてカウンターを片付けていると、目の前に突然父が現れた。

「えっ！　おと……社長……」

とっさに「お父さん」と言いそうになったが、まだ業務中なので慌てて言い直す。

「心音、お疲れ。仕事が終わったら話があるんだ。食事に行こう。予定は大丈夫か？」

「え？　は、はい。予定はないです。事務所で着替えてきます」

「わかった。では、いつものホテルに泊まるからロビーに十八時にしよう」

そう言って、父は唯ちゃんや他のGSに声をかけて立ち去った。

話って、なんだろう……？

まったく見当がつかず困惑している。

「社長がこっちに来るって、知らせはなかったですよね？」

隣のカウンターで業務についていた唯ちゃんが、いつの間にか隣に来ていた。

「ええ、そんな話は聞いていなかったからびっくりしたわ。あ、今夜の夕食は美鈴さんとふたりで食べてね」

「はい。社長とおいしいものを食べて親子団欒《だんらん》してきてくださいね」

「親子団欒って……いきなり来て話があるって言われたら、気になるわ……」

日本に戻って来るように言われる？　それとも仲が良い両親だけれど、実は離婚とか……？　あるいは悠人が留年なんて話も……？

そんなことくらいしか想像できない。

父が香港へ来るときの宿泊ホテルは決まっていて、空港から車で十分ほどの所にある。

事務所で制服からノースリーブのワンピースにクリーム色のカーディガンに着替え、タクシーに乗ってホテルへ向かった。

髪の毛は解くのも面倒だったので、シニヨンのままだ。

タクシーを降りてロビーに入り、ソファに座る父を見つける。

空港から近いし有名なテーマパークへのアクセスもいいので、ホテルは観光客が多く出入りしている。

出入り口に目を向けていた父もすぐに私に気づき、ソファから立ち上がった。

年を取って少し腹部が出てきているが、身長も高くがっしりした体軀《たいく》のナイスミドルだと思う。

「疲れているところすまないね」

「ううん。突然だから驚いたわ。お母さんも悠人も元気……よね？」

家族の話なのかと、振ってみる。

「ああ……。心音、何が食べたい？　なんでもいいぞ」

どこか集中していない様子で、あいまいな感じの返事だ。

「じゃあ……日本料理店がいいわ」

「わかった、そうしよう」

何回か訪れている、ホテル一階にある日本料理店へ歩を進めた。

このお店は本格的な日本料理が楽しめるのが売りで、香港のセレブからも人気だという。

店内は落ち着いた雰囲気《ふんいき》で、四人掛けのテーブル席に案内されると、父はさっそくビールとおつまみ、にぎり寿司を頼んだ。

「……それでお父さん、話って？」

「それがな……」

言い淀む父に、不安が広がる。

「どうしたの？　お母さんや悠人のことじゃないわよね？」

「ああ。違う。実は、わが社のことなんだ」

「え？　会社？」

経営に携わっていない私に、会社のことを父が話すということは……?

ますます心配になる。

そこへ瓶ビールとグラスが運ばれ、父は黙ったままふたつのグラスにビールを注ぐ。

「お疲れ。飲みなさい」

父はグラスを軽く掲げて、ビールをゴクゴクと飲む。

アルコールの力を借りたいように見える。

胸がざわざわして、私は手にしたグラスを口に運べない。

ビールをいっきに飲み干してグラスを置いた父は、大きく深呼吸してから口を開く。

「実は……うちに出資していた香港の投資会社が撤退することになった。経営陣が入れ替わって、うちは切られたんだ」

「そんな……うちは、HSJはどうなるの?」

「このままいけば倒産……する」

思いがけない言葉に、心臓がドクッと痛みを覚えるくらい跳ねた。

「と……倒産……? そんな……」

頭の中が真っ白になって、グラスを持っていた手が小刻みに震えてくる。

「それでだ。日本の投資会社からの投資話をいただいたんだ」

「本当に？　うちは助かるの？」

その問い掛けには応えず、父はグラスに半分ほどのビールを注ぎ、すぐさま全部喉に流し込んでから、深呼吸をした。

様子がおかしい……次の会社から話がきているのなら、私に知らせる必要はないわよね……。

「条件があるんだよ」

「条件……？」

オーダーした飯台に、綺麗に並べられたにぎり寿司が運ばれてきた。

「ああ……投資会社の社長のご子息と心音の結婚で、投資の話がまとまることになっている」

予想外の話にポカンと口を開けてあぜんとなる。

「えっ……私との結婚？　それが投資の条件なの？」

「そうなんだよ。うちの社内報に心音が載ったときがあっただろう。それを見たご子息のひとめ惚《ぼ》れだそうだ」

まさか自分に政略結婚の話がやってくるだなんて、つい先ほどまで思ってもみなかった。

「投資されなかったら、うちは倒産するくらい危ないの？　順調にいっているんじゃなかったの？」

「わが社のようなＬＣＣは、多くの乗客を乗せるために常に満席にしなくてはならない。それで安い運賃でお客様を現地まで飛ばせているんだ」

「もちろん知っているわ。集客が芳《かんば》しくないってことね？」

たしかに週末やピーク時には満席、もしくは満席に近い状況だが、それ以外は空席も目立つ。

「そう。燃料の高騰も原因だよ」

「私……」

まったく会ったこともない男性と結婚することを考えると、眉根がギュッと寄る。

私にできる……？

「すまない。混乱させてしまったな。ご子息と会ってみて、どうしても受け入れられないようであれば、断ってかまわない。わが社の存続のために、心音を犠牲になどできないからな」

「お父さん……」

父なりに色々考えて苦しんだのだろう。

気づかなかったが、白髪が増えている。

「とりあえず、会うだけ会ってみてくれないだろうか？」

「……いいわ。会ってみる」

「本当か？　本当に会ってくれるのか？」

「うん。どうしても結婚の相手には無理だったら――」

父が私の言葉を遮《さえぎ》る。

「そのときは他に当たってみるから、心配しないでほしい」

でも、この話がうまく進めばすべてが丸く収まるのだ。

「わかった」

「不甲斐《ふがい》ない父ですまない」

「そんな！　不甲斐ないだなんて。まだ先のことはわからないけれど、会ってみてちゃんと考えるから」

父は心底安堵した表情になり、そんな顔を見てうれしかったが、見知らぬ男性との縁談は不安しかなかった。

父と別れて帰宅すると、頭にタオルを巻いた美鈴さんがふたり掛けのソファに座り、冷たいお茶を飲んでいた。

「おかえりー」

「なんか表情が暗いわね。社長と食事してきたんでしょう？　どうかした？」

「ただいま」

そこへ唯ちゃんも部屋から出てきた。

彼女と私は同じ部屋を使っている。

「おかえりなさい。親子団欒は楽しかった？　あれ？　沈んでる？」

「え？　ううん」

首を左右に振って誤魔化すが、唯ちゃんは私の顔を覗《のぞ》き込んで見つめる。幼い頃からの付き合いだから、違和感を覚えたようだ。

だけど、会社の存続の危機を知らせるわけにはいかない。倒産の危機だなんて話して不安を煽《あお》りたくない。

「本当に？」

「……実は、お見合いをしてみないかって」

「え？　お見合いの話を伯父様は持ってきたの？　わざわざ香港まで来るってことは大事な相手なのかな？」

のほほんとしているのに、鋭《するど》い彼女に心臓がドクッと跳ねた。

「唯さん、心音さんは社長令嬢なんだから政略結婚話のひとつやふたつあるに決まってるわよ」

「本当に政略結婚なんてあるんだ」

「ま、まだ決まったわけじゃなくて、どうしても受け入れられなかったら断ってもいいって父は言っていたから」

そのとき、唯ちゃんが「ああっ！」と耳を塞《ふさ》ぎたくなるほど大きな声を上げた。

「もー、唯さんったら、そんなに大きな声を出さなくても」

美鈴さんが苦笑いを浮かべながら、彼女をたしなめる。

「ごめんなさい。あの占い師のおばあさんの言葉を思い出したから」

「占い師のおばあさん……？」

美鈴さんには話をしていなかったので、彼女は首を傾《かたむ》けて唯ちゃんから私へ顔を向ける。

「あ！」

唯ちゃんに言われるまで、私もあの占い師のおばあさんの話はすっかり忘れていたから、思わず声を漏らしてしまう。

「この間、占い師のおばあさんに見てもらったんですけど、心音ちゃん、すぐに結婚するって言われたんです。来年には生活が変わるって」

「まあ……」

美鈴さんは目を丸くさせて驚いている。

「うわっ、鳥肌！　嘘だと思ったら本物だった……」

唯ちゃんは両腕を擦っている。

「本当に結婚するかわからないわ。まだ写真やプロフィールも見ていないんだから」

「占い師には驚いたけど、その言葉に囚《とら》われちゃだめよ。受け入れられない相手だったら断らないとね」

年長者らしくアドバイスをくれるが、お見合いの裏には会社の存続がかかっている。少しくらいの相性の悪さだったら、会社のために我慢してしまいそうだ。

「……よく考えてみます。じゃあ、シャワー使ってくる」

そう言ってリビングから離れ、部屋に入って下着や部屋着を持ってシャワールームへ行った。

## 二、政略結婚の相手

縁談の話があってから数日が経った水曜日。

父からお見合い相手の写真とプロフィールが、スマートフォンに送られてきた。

名前は星崎博史《ほしざきひろし》さん、三十二歳。都内にある私立大学経済学部を卒業後、父親の経営する星崎マネーコンサルティング株式会社の部長職に就いているとあった。

家族構成は両親と大学生の弟の四人家族で、実家住まい。

写真はスーツを着た姿で、中肉中背の丸顔で、どこか幼さを残した面立ちだ。

この人と結婚するかもしれない……。

写真を見ても実感は湧かない。

それどころか、断りたい思いに駆られる。

最後に父からのメッセージが入っており、今週の土曜日、香港《ほんこん》まで彼が私に会いに来るとあった。

「え？　今週末っ!?」

顔合わせがすぐに行われると思っていなかったので、驚きに声を上げてしまう。

場所は香港島にある五つ星ホテルのインペリアルオーシャンホテル。有名フレンチレストランに十八時とある。

そのホテルからの景観は素晴らしいと有名で、フレンチレストランではないが一度だけ友人とアフタヌーンティーをしに訪れたことがある。

心の準備ができないまま今週末に会うなんて……。

もう少し時間が欲しいと思ったが、脳裏に父の顔と会社が浮かび思い直した。

星崎さんに会ってみなければ、どういう人柄かだなんてわからない。

そう考えながら仕事に従事し、約束の日は翌日に迫っていた。

明日は搭乗口の担当になっているので、最終便を見送ったらすぐに向かわなければならない。

金曜日、勤務が終わって先に帰宅していた美鈴《みすず》さんが作ってくれた夕食を食べ、片付けを終わらせてから部屋に戻り、クローゼットを開ける。

アイスティーを持って部屋に入ってきた唯《ゆい》ちゃんがベッドに腰を下ろす。

「どうしてワンピースを何枚も広げているの？」

ベッドの上に並べられた四着のワンピースを、唯ちゃんは不思議そうに見やる。

「明日お見合い相手と会うの」

「ええっ？　急じゃない？　日本からわざわざ来るの？」

「まあね。どちらかが動かなかったら、お見合いも進まないしね」

それは自分に言い聞かせる言葉だ。

「そうだけど……うまくいったら心音《ここね》ちゃんは結婚か……。ここを離れるなんて寂しいな」

「私も寂しいわ」

でも、この政略結婚がうまくいかなかったら、会社自体がなくなるのだ。そうなったら、ここの生活を気に入っている唯ちゃんは職を失い帰国するしかない。

「いつかは唯ちゃんだって結婚するんだから、いつまでも一緒ってわけにはいかないものね」

「私は三十二歳に結婚するんだから、あと八年あるもの」

「占い師のおばあさんの言うことを真に受けているの？」

「今のところ心音ちゃんのことが言われたとおりに進んでいるし、信じたくなくてもね……」

唯ちゃんは肩をすくめて苦笑いを浮かべる。

占いが当たっていたら、私は星崎さんと結婚する運命なのだ。

「……どれがいいと思う？」

ベッドの上のワンピースを、彼女がよく見えるように端に寄る。

「心音ちゃんはセンスがいいから、どれも素敵《すてき》だけれど、お見合いには……この白のワンピースがいいかな」

ランドマーク香港で買った、キャップ・スリーブの身頃がチャイナ服風のワンピースを唯ちゃんは選ぶ。

キャップ・スリーブとは肩先が隠れるごく短い袖のことで、スカートはAライン。シルク地の上にレース素材が施され、華やかでいて清楚なイメージだ。

「それ、心音ちゃんによく似合っているし」

「これにするわ。ありがとう」

唯ちゃんは微笑《ほほえ》んでからアイスティーを飲む。

「あ！　それで、どんな男性なの？」

口で言うより写真を見せた方がわかりやすいので、スマートフォンから星崎さんの写真を出して彼女に見せる。

「え……この人が……心音ちゃんのお見合いの相手?」

戸惑う唯ちゃんにうなずく。

「なんて言っていいのか……想像と違っていて。平凡な……あ、イケメンならいいとは思っていないけれど……」

「私もそうよ。でも会ってみないとわからないしね。服も決まったことだし、シャワー浴びてきちゃうね」

ベッドの上のワンピースをクローゼットに戻して、シャワーの支度をして部屋を出た。


「いってらっしゃいませ」

最後の乗客が旅客機に向かうのを、丁寧にお辞儀をして見送る。

ハートスカイジャパン航空、成田《なりた》国際空港への最終便に乗り込む乗客を搭乗口から見届け、カウンターの片付けを済ませて腕時計で時刻を確かめる。

大きな窓から見える、わが社のイエローとペパーミントグリーンのデザインの旅客機は、定刻どおりにゆっくりと滑走路に向かっている。

唯ちゃんがやって来て隣に立つ。

うちのGS《グランドスタッフ》の制服は二種類あり、ペパーミントグリーンのシャツにイエローのスカートかパンツスタイルで、首に同色のスカーフを巻いている。

今日の唯ちゃんはパンツスタイルだ。

三十分前、搭乗口に現れないお客様を探すのに、彼女が駆けずり回って活躍してくれた。のんびりと買い物をしていたお客様を無事に見つけて、送り出すことができたのだ。

「さっきはお疲れさま」

「もうヘトヘトです。心音さん、ここはもう大丈夫なので行ってください。お疲れさまでした」

「ありがとう。じゃあ、よろしくお願いします」

唯ちゃんともうひとりの同僚に頭を下げて、事務所に向かった。

香港駅にあるインペリアルオーシャンホテルへは、香港国際空港からエアポート・エクスプレスに乗って三十分もあれば行けるが、乗り込んだのが約束の四十分前でメイク直しは最低限に、駅のトイレで手早く済ませる。

シニヨンの髪は、解いて癖《くせ》がついているとみっともないので、そのままにした。

十分後、エアポート・エクスプレスは香港駅に到着した。

ホテルは駅から二、三分の所だ。

急ぎ足で豪奢《ごうしゃ》なエントランスからホテル内に入る。

グランドピアノの生演奏が聞こえるロビーを通り抜け、エレベーターで三十五階のフレンチレストランに向かう。

父を通して土曜日十八時に伺うと連絡を入れていたが、本当に日本から星崎さんが来ているのか疑心暗鬼でもある。

『星崎さんと待ち合わせをしています』

フレンチレストランの入り口に立つ黒いスーツを着た男性に告げると、『お連れ様はいらしております。ご案内いたします』と言われ、心臓がドクッと跳ねた。

もう、いらっしゃっているのね……。

少し残念に感じてしまうのは、現れない方がいいと心のどこかで考えていたからのようだ。

スタッフに案内されて、窓際の席に座っていた星崎さんの前へ立った。

周辺の建物に邪魔されずに九龍《クーロン》島の夜景へ顔を向けていた星崎さんは、私に気づくと慌てて椅子《いす》から立ち上がる。

「ど、どうも。星崎博史です」

目の前の男性は、写真で見た幼さの残る顔の印象は変わらない。かなり緊張している様子で、額から汗が浮かび始めている。

「はじめまして。清水《しみず》心音です」

星崎さんの緊張を感じて、和らげてもらえるように小さく笑みを浮かべる。

椅子を引いて待ってくれているスタッフにうなずいて腰を下ろすと、星崎さんも座った。

目と目が合うと、彼は慌てた所作で顔をハンカチで拭《ぬぐ》う。ものすごく恥ずかしそうで、顔も赤くなっているのが薄暗い店内でもわかる。

「心音さん、こ、このコースがいいと思うのですが」

彼の示すメニュー表から、テーブルに用意されているメニュー表へ目を落とす。

「はい。かまいません」

レストランで一番高いコース料理だった。

「すみません！」

彼はスタッフを呼ぼうと手を挙げ、思いっきり大きな声の日本語で呼んだ。

一瞬、レストラン内がシーンと静まり返る。

スタッフがすぐにやって来て、星崎さんはメニューを指さして「これをふたつください」とジェスチャーで頼む。

星崎さんは語学が苦手なようだ。

スタッフが『ただいま、日本語が話せる者がまいりますので』と英語で言う。

何を言われているのかわからない彼は困った顔になる。

「あの、私が話してもいいでしょうか？」

口を挟んでお見合い相手に恥をかかせるのもと思っていたが、日本語を話せるスタッフを呼んでもらうこともないと彼に尋ねる。

「す、すみません……」

彼はハンカチで再び顔を拭《ふ》く。

私は英語でスタッフにコース料理を頼む。『スパークリングワインはいかがでしょうか？』と聞かれて、その旨《むね》を星崎さんに伝える。

「お、お願いします」

星崎さんの言葉をスタッフに伝えると、メニュー表を手にして去っていく。

すぐにソムリエがスパークリングワインを運んできて、英語で説明をしてからフルートグラスに注ぐと一礼して下がった。

「すみません。英語が苦手なんです。外国へ行くときは英語を話せる社員を連れて行きます。話せなくてかっこ悪いところを見せてしまいました」

「いいえ。英語が堪能なスタッフがいればいいのではないかと……」

「優しいんですね。か、乾杯しましょう。機内誌で心音さんの姿を目にしてから、あ、会いたかったんです」

「星崎さんでもＬＣＣに乗られるんですね」

父によれば、彼の実家は年商五十億だと聞いている。

フルートグラスを軽く掲げて乾杯の動作をして、ほんの少し口にする。

星崎さんは喉が渇いていたのか、グラスの中身を全部飲み干してから私の言葉に応える。

「たしか、長期休みのピークのときで、急に香港へ飛ぶことになったんですが、大手はどこもチケットが取れなくて。ハートスカイジャパン航空でやっと取れたときです」

「ご搭乗ありがとうございました」

笑みを浮かべ軽く頭を下げる。

「とんでもないです。あのとき見た心音さんが目の前にいるなんて信じられません」

スパークリングワインの効果なのか、おどおどした様子が消えた。

フルートグラスが空になったのをスタッフが見て、『お注ぎしますか』とジェスチャーを交えて星崎さんに尋ねると、彼は大きくうなずく。

グラスが満たされて、彼は再び飲み干す。

前菜が来るまで、星崎さんは三杯のスパークリングワインを胃の中に入れた。

目がトロンとし始めたように見え、お酒に強くはないのではと推測するが、緊張で飲んでいるのか、はたまたアルコールが好きなのかは見極められない。

星崎さんはナイフを使わずフォークだけでスモークサーモンと、周りの野菜を乱暴に刺して口に運ぶ。

そうやって食べる人を初めてみたのでびっくりした。

テーブルマナーがない星崎さんに早くも困惑している。

くちゃくちゃと咀嚼《そしゃく》しながら彼は話し始める。

「心音さんは僕の推《お》し、きららちゃんにそっくりです」

「え？　推し？　き、きららちゃん……ですか？」

「知らないんですか⁉　アニメキャラのきららちゃんをっ⁉」

星崎さんは一瞬で興奮した様子で、前のめり気味になる。

私にそっくりだというアニメのキャラクターがまったく想像できず、満面の笑みを浮かべる星崎さんをあぜんとして見つめる。

「え、ええ。そのアニメは、日本で流行《はや》っているんですか？　私は香港へ来てずいぶん経つので……」

すると、星崎さんは隣の席に置いた肩から提げるカバンを開けて、手のひらほどのフェルト人形を取り出した。

「これです！」

私によく見えるように腕を伸ばしてみせる。

「かわいいでしょう」

自慢げな彼についていけず、茫然とする。

私が、この人形に似ている……？

「機内誌で心音さんを見てから、ずっと会いたかったんですよ。きららちゃんが僕のものになるなんて信じられないな」

嘘《うそ》……。

言動から考えると、彼はこの人形……というか、キャラクターが大好きで、それに似ている私が自分のものになると喜んでいるの？

ショックを受けている間に、メインのロブスター料理が運ばれてきたが、頭が混乱して食事どころではなくなっている。

「ロブスター星人じゃないですか！　ちょうどいい！」

「え？」

星崎さんが何を言っているのか理解できない。思わず反応してしまうと、彼は得意げに話し出す。

「きららちゃんは巨大ロブスター率いる悪者軍団と戦うんですよ。こんな風に」

手に持っている人形の足を、ソースがかかっていないロブスターの顔に当てた。

「心音さんは僕のお嫁さんになる運命なんですよ。きららちゃんがこんなにも好きな理由は心音さんだったんだ」

いわゆる彼はオタクなのだろう。

三次元と二次元をごちゃ混ぜにしている人だったなんて……。

彼と結婚する運命？

少し前に、占い師のおばあさんに言われた言葉を思い出す。

『あなたはすぐに結婚する』

ズキッと、心臓が鷲掴《わしづか》みされたように痛む。

「きららちゃん、じゃなくて心音さん、ロブスターを食べてやっつけちゃってください」

最初は場を和ませるための言動だと思いたかったが、そうではなく、どうやら本気で言っているみたいだ。

何を言えばいいのかわからなくなって、ロブスターを切って黙々と口へ運んだ。

スパークリングワインのあと星崎さんはビールを飲んだが、私はオレンジジュースにした。

酔いが回っているみたいで、さらに食べ方が汚《きたな》らしい。

最後のデザートとコーヒーが済んで、どんなにホッとしたか思い知らされた。

この二時間が苦痛だったのだ。

私も半分支払いをもつと言ったのだが、星崎さんが「いいから」と会計を済ませたあとに、別れの言葉を告げて帰宅しようとした。

「ごちそうさまでした。わざわざ香港まで来てくださり、ありがとうございました」

ひとりになって、この政略結婚の件をよく考えなければと焦燥感に襲われていた。

「まだ二十時じゃないですか。ラウンジで飲みましょうよ」

星崎さんは、少し脚をふらつかせている。

「お疲れではないでしょうか？　今日のところはお休みになった方がいいかと」

「いえいえ、疲れているどころか楽しくて仕方ないんです。もっと心音さんを知りたい。さあ、ラウンジへ行きましょう」

本当は嫌だけど、一杯くらいは付き合うしかないのかも……。

促されるままにエレベーターホールに歩を進めると、星崎さんはボタンを押し間違えたのか〝▲〟のボタンを押した。

「やはりお疲れのようですね。ラウンジは下です」

下へ行くボタンを押そうと手を伸ばしたとき、腕が掴まれる。

「部屋で飲めばすぐ休めますよ。あなたのためにスイートルームを取ったんです」

「ほ、星崎さん、離してください。部屋へ行くつもりはありません」

「セックスの相性を調べるには寝てみないと」

なんてことを言うんだろう。驚きのあまり声も出ない。

星崎さんを見ると、今にも舌なめずりをしそうなくらい口角を上げる。その姿にゾッとして寒気が走る。

「そんな！　まだ話をお受けするとは決まって――」

「いいのかな？　ハートスカイジャパン航空は潰れるよ？」

今まで「きららちゃん、きららちゃん」とオタク全開だったのに、突然豹変《ひょうへん》して顔が引きつる。

これが星崎さんの本性なの……？

でも、このまま部屋に行くわけにはいかない。

「……それは脅《おど》しですか？」

無性に腹が立ってくる。

「会社のことを考えたら僕の言いなりになるしかないでしょ。ね、心音さん。あ、やっぱり〝きららちゃん〟と呼ぼうかな」

手を持ち上がられて口元へ近づけられ、できる限りの力で抵抗する。

「やめて！」

手の甲に唇が触れそうになったとき、ふいに誰かの手で引き離された。弾《はず》みで助けてくれた男性の胸に体がぶつかる。

「このような場でみっともない。女性を手籠《ご》めにするとは悪徳代官さながらに見えますよ」

どこかで聞いた覚えのある男性の声にハッとなって顔を上げ、思わず目を見張った。

「あなたは！」

私を抱き留めたのは、先日、アップグレードの件で助けてくれた男性だった。

「彼女は嫌がっているようだ。ひとりでおとなしく部屋に戻るしかないな」

突如《とつじょ》現れた男性に、星崎さんは目を見開き慄《おのの》く表情になったが、すぐに怒気を含んだ顔つきに変わる。

「き、君はなんだ!? ぼ、僕たちの間に勝手に入ってくるな!」

私をかばうように立つ男性の身長は、百八十五センチは優にあるだろう。突っかかる星崎さんは、おそらく百六十五センチくらい。

体軀《たいく》と佇《たたず》まいは大人と子供みたいに見える。

「彼女を無理やりに部屋に連れて行くようであれば警備員を呼ぶ」

「ぼ、僕は高い金を払って泊まっているんだ。そんなことをしたら訴えてやる!」

支離滅裂な言葉に男性から「ふっ」と、バカにしたような笑い声が聞こえてきた。

「海外で強姦罪《ごうかん》に問われたら、そうやすやすと日本に戻れないだろうな」

「ご、強姦罪? ぼ、僕たちは同意の上で――」

「どう見ても無理やり連れて行こうとしていただろう。そこの防犯カメラにも一部始終が写っているはずだ」

すると、星崎さんはギョッとした表情になり、男性の斜め後ろにいる私へ視線を移す。

睨《にら》みつけるような目で見られて、びくりと体が震える。

もう彼との結婚はありえないと悟った。

「い、いいんだな？　会社がどうなっても」

私への最後通告のように聞こえた。

「……あなたとの結婚はありません」

父の顔が脳裏に浮かんだが、星崎マネーコンサルティング会社ではなく、しっかり援助してくれる会社を探してもらおうと心に誓う。

星崎さんは下唇を噛《か》んで地団太を踏むように脚を一回ドンと床に打ち鳴らすと、やって来たエレベーターに乗り込んだ。

扉が閉まり胸を撫《な》で下ろす。その場にペタンと座り込みたいくらいだが、男性にお礼を言って一刻も早くここから去ろう。

「大丈夫か？」

男性が振り返り、心配そうな瞳を向ける。

破壊力のあるイケメンは、やはり先日の空港で助けてくれた男性だった。

「はい……ありがとうございました」

お辞儀をして頭を上げたとき、眩暈《めまい》に襲われてふらついた。彼の手が腕を掴んでふらついた体を支えてくれる。

「震えているじゃないか」

そう言って、そっと手を握られる。

「冷たいな。ショックなんだろう。このままじゃ危なくて帰すわけにはいかない。ほら、おいで」

フレンチレストランの隣にあるクラシックな店構えのバーへ、拒否する間もなく連れて行かれる。窓側のふたり掛けのソファ席に座らされ、彼は対面に腰を下ろした。

このホテルカラーのエキゾチックなオーキッド色のソファだ。

店内はほどよく明かりが落とされ、落ち着いたBGMと雰囲気のおかげか、感情の昂《たかぶ》りが徐々に静まっていく。

「コーヒーがいいか?」

「いえ、もっと強いのが飲みたいです」

会社を窮地《きゅうち》に陥《おとしい》れてしまった……。

自責の念に耐えられなくて、強いお酒で今だけでもそのことを忘れたい。

ひどく酔ってしまって帰れなくなったら、部屋を取ればいい。

「強い酒?」

「はい」

見れば見るほど、整った美麗な顔だ。キリッとした眉に切れ長の目、薄暗いのに光を放っているかのような力強い瞳に高い鼻梁。薄めの唇は口を開くと官能的になる。

彼の顔を分析している自分にハッとなって、大きく息を吸う。

「あまり勧められないな。今の君には、カクテルくらいがいいんじゃないか？」

たしかに、お酒はそんなに強くない。

「では……マティーニにします」

「わかった」

彼は慣れた所作で手を挙げてスタッフを呼ぶ。

その姿は気品があって、王族のような風格があった。

淀みない英語でオーダーを済ます堂々たる姿に、星崎さんとつい比べてしまう。

そして星崎さんのことを思い出し、額に手を置いて「はぁ～」とため息が出る。

「俺は余計なことをした？　拒絶は演技だった？」

その声に勢いよく顔を上げる。

「え？　ひどいことを言わないでくださいっ！」

「すまない。君にあの男は合わない」

「本当に救われたんです。感謝しています。ただ……」

「ただ？」

どこの誰とも知らない彼に、会社の話をするわけにはいかない。

「なんでもありません。これから悩みます。あ、私は清水《しみず》心音と申します。私の職場は……ご存じですよね？」

まさか私が、前回助けた人物と同一人物だと、気づいていないなんてことはないよね？

「ああ。ハートスカイジャパン航空のGSだよな？　俺は斎穏寺《さいおんじ》新《あらた》。ジャパンオーシャンエアーに勤めている」

斎穏寺新さん……彼も航空業界の人だったとは。

空港で助けられたときは嫌味を言われたので、いけ好かない人だと思ったが、前回だけでなく今回助けられたことも本当に感謝しており、素敵な男性だと思い直した。

「だからあの場にいたんですね。香港は長いんですか？」

「行ったり来たりしている」

航空会社勤務なので海外出張なんて頻繁《ひんぱん》にあるだろう。

「あの日は休暇で、君の会社のフライトでハノイへ飛んだんだ」

「そうだったんですね。ハノイはいかがでしたか？」

ベトナムの首都ハノイは、香港から二時間十分ほどで行ける。

私も二度ほど出掛けたことがあるが、世界遺産でもある〝タンロン遺跡〟や、少し足を伸ばせば風光明媚な絶景が見られる〝ハロン湾〟も楽しめる。

「翌日には戻って来たから観光はしていないんだ」

「せっかくの休暇なのに……。ベトナム料理はおいしいので、機会があればぜひ試してみてください」

そこへオーダーした飲み物が運ばれてきた。

おつまみにカシューナッツやマカダミアナッツ、それとチョコレートが入ったお皿が置かれた。

「飲んで。まだ動揺しているんじゃないか？」

「だいぶ収まりました。今は考えないことにします」

オリーブが入ったマティーニのグラスを持つ。斎穏寺さんは大きな氷が浮かぶ琥珀《こはく》色の液体だ。

マティーニを二杯飲んで時計を見ると二十二時近くになっていた。

その間、斎穏寺さんと他愛のない会話をしていた。

美鈴さんに尋ねられ、唯ちゃんは「お茶を入れるね」とソファから立った。

ぐったりとラグに座り込んだところへ、唯ちゃんがグラスに入った冷たいお茶を渡してくれる。

「ありがとう」

ひと口飲んで大きく息を吐《は》く。

「その分じゃ、うまくいかなかったのかしら？」

美鈴さんに言われて、真剣な顔でうなずいた。

「オタクで、テーブルマナーもできなくて、食べ方も受け入れられなくて、私がきらちゃんにそっくりで、ロブスター星人と戦えだって。食事が終わったら拒否しているのに、部屋に連れ込まれそうになったの」

いっきにまくし立てると、美鈴さんは目を丸くする。

「えぇっ⁉　心音さん、省略しすぎ。きららちゃんって誰よ」

「あ！　私、知ってます。ロブスター星人ってことは、アニメキャラのことですよね？」

唯ちゃんがスマートフォンできららちゃんの画像を探しだし、美鈴さんに見せる。

「言われてみると、似てるわね」

「今まで気づかなかったけど、心音ちゃん、きららちゃんに似てたんだ」

ふたりからまじまじと見られ、顔を思いっきり顰《しか》めてしまう。

「ロブスターが出てきたら、こうやってロブスター星人をやっつけるって、手のひらサイズのフェルトの人形で実践するの」

「うわっ、ドン引き。こう言ったら失礼かもしれないけれど、写真からしてオタクっぽいなと思ったの。伯父様もそんな人を心音ちゃんと結婚させようだなんて！」

唯ちゃんはお怒りモードだ。

オタクな趣味を持っていること自体は否定しないが、私の人格を無視してキャラクターに見立てるような言動はいかがなものか。

「初対面で、しかも嫌がる相手を部屋に連れ込むって、犯罪じゃない。それで、どうなったの？」

「助けてくれた男性がいて……」

「わ、素敵な人だった？　そんな場面で助けに入るなんて、なかなかできることじゃないよね？」

そこで、アップグレード事件のことを知らない美鈴さんにわかるように、割って入ってくれた男性が今回も助けてくれたのだと話す。

「めちゃくちゃイケメンだった人ね！　心音ちゃん、二度も助けてもらっちゃったんだ」

「そんなに素敵なイケメンだったの？　連絡先は聞いた？」

「いいえ。あ、お名前は斎穏寺さんといって、ジャパンオーシャンエアーの社員だったの。頻繁にこっちに来ているみたい。でもそれだけよ。バーで少し話しただけ」

会話も楽しかったし、正義感に溢れていて素敵な人だった。

ジャパンオーシャンエアーに勤めていると言っていたけど、そういえばなんの仕事をしているのか聞いてないかも。

もっと長く話をしていたら、好意を抱いていたかもしれない。

だけど今の私は、自由に人を好きになってはいけないのだ。

お父さんにも、星崎さんのことを話さなくてはならない。

「心音ちゃん、またお見合いの話がくるのかな……」

唯ちゃんに言われて、私は首を傾《かし》げる。

「どうしてそう思うの？」

「だって、今のままだと占い師のおばあさんの言葉が外れちゃうでしょ」

「占いのことは、真に受けないでいいって。お茶ありがとう。疲れたからシャワー浴びて寝るね」

疲弊《ひへい》した体を立たせてその場を離れた。

翌日、父に電話をかけてお見合いの件を話した。
《そんな相手だったとは……》
断る理由をしっかり話さなくてはならないので、一部始終を父に知らせると、電話の向こうで絶句した様子がわかった。
「ごめんなさい……どうしても無理だったの」
《いやいや、会ってすぐに部屋に連れ込もうとするのはどうかと思うし、会社を盾に取って脅すとは男のすることじゃない》
「……会社はどうなるの？」
《まだ少し時間がある。引き続き銀行や他の投資会社をあたってみるから、心音は心配しないでいい》
「お父さん……力になれなくて、ごめんなさい」
《私の方こそすまなかった。元々無理があったんだ。お前に申し訳ないよ。星崎さんには私から断っておくから》
「うん……ありがとう」
父との通話が切れて、ぐったりソファの背にもたれる。

本当にどうにかなるの……？

だけど、今の私にできることはなく、父や重役たちに任せるしかない。

そこへ部屋から唯ちゃんが出てきて隣に座った。

「大丈夫だった？　伯父様の反応は？」

「驚いていたわ。わかってくれたし、謝ってくれた。でも胸が痛くて……」

「胸が痛いなんて思うことないから。今どき政略結婚なんて時代遅れよ」

会社の危機については話していないので、唯ちゃんには理解できないのだろう。

「またお見合い話がくるかな？　って言ってたくせに」

「だって占いのこと、気になるじゃない……」

「ふふっ、お父さんにちゃんと話せたから肩の荷が下りたわ。夕食は美鈴さんを誘って、いつもの食堂へ行こうか」

「それがいいわ！　美鈴さんに声かけてくる」

唯ちゃんはソファから立ち上がると、美鈴さんの部屋へと向かった。

# 三、心労がたたった父のために

あれから、会社がどうなるのか不安を拭《ぬぐ》えなかったが、日々事故のないよう仕事に従事するしかなかった。

お見合いから一週間が経っていた。

仕事を終わらせて事務所の更衣室へ入る。

制服から薄手の長袖のシャツとジーンズに着替える。

スマートフォンを確認すると母から「連絡をください」とメッセージが入っていた。

着信も何件かあって、何かあったのかと心臓が跳ねる。

ドキドキしながら母に電話をかけると、すぐに声が聞こえてきた。

《心音《ここね》、何度もごめんなさいね》

「ううん。どうしたの？　何かあったの？」

《お父さんが仕事中に倒れたの。今、検査中で……》

「倒れた……」

頭の中で羽田《はねだ》へのフライトを探す。他社の便も頭に入っている。

「お母さん、今日中の飛行機に乗るから」

《大丈夫なの？》

「たぶん。今から事務所へ行って話をしてくるわ。じゃあ、また連絡する」

通話を切って、更衣室から隣の事務所へ向かい、香港《ほんこん》支社の責任者と話をして数日休みをもらった。

それから他社のエアラインのサイトから二十時過ぎのフライトの空席を確認する。

羽田空港への到着は真夜中になってしまうが、なんとか席が取れて安堵する。

時計を見ると、香港を発つまで二時間もない。急いでパスポートを取りに自宅へ戻った。

美鈴《みすず》さんと唯《ゆい》ちゃんは休日で、帰宅するといなかった。

予約した羽田空港行きの最終便が一時間半と迫っており、彼女たちへ一時帰国を告げるのはあとにして準備を急ぐ。

引き出しからパスポートを取り出して、少し厚手のジャケットを手にすると再び空港へ向かった。

エコノミークラスの通路側に座って、ようやく人心地ついた。

倒れた父が心配だ。四時間ちょっとのフライトは、長く感じるだろう。

シートベルト着用のサインが出て装着後、スマートフォンを開く。

美鈴さんと唯ちゃんとの三人のグループメッセージに、父が倒れて実家に向かっている旨《むね》を書いて送る。

母にも到着時刻を知らせなくては。

タクシーで帰るから心配せず先に寝ていてほしいとメッセージを送る。

少し前に届いた母からのメッセージには、父の検査が終わり、腎臓の数値が悪いと知らされた。

このまま、二、三週間は入院となるようだ。

以前から体調が悪かったのだろうか。

もしかしたら、今回の件で心労がたたって病気が悪化してしまったのかもしれない。

私が乗った飛行機は、日をまたいだ一時二十分に羽田空港に到着した。こんな時間なのに降機する人が多く、この分だとタクシー待ちが長いかもしれない。

入国審査で並んで待つ間、スマートフォンを開くと、母が迎えに来てくれていることを知った。

お母さんだって、疲れているはずなのに。

急ぎ足で到着ロビーへ出た先に、ブラウンのダウンコートを羽織った母が待ってくれていた。

母と目が合い、小さく手を振りながら近づく。

「お母さん、真夜中なのにありがとう」

「いいのよ。落ち着かなくて眠れないから。行きましょう」

「お父さんの具合はどう……？」

母と並び、足早に空港駐車場に向かう。

「夜に会いに行ったときには意識も戻っていて、少し話せたわ。あなたが来るって言ったら、そんな必要ないのにと申し訳なさそうだった」

「政略結婚の話、聞いてる？」

「ええ。会社の都合を心音に押し付けてしまって胸が痛んだわ。お相手の星崎《ほしざき》さんとは合わなかったと」

「そうなの……でも、あの話がうまくいかなかったことで、お父さんは倒れたのよね？」

「何を言ってるの、全然違うわ！　黙っていたけれど、半年前の検査で腎臓病の診断を受けて通院していたのよ」

「え!?」

その話は初耳で、驚いて立ち止まる。

「話してくれれば良かったのに……」

「症状はそれほど悪くないから、あなたには知らせないでいいって、あの人が言ったのよ。心配をかけたくなかったんでしょうね」

「でも……」

やはり会社の件で悪化したのかもしれない……。

申し訳なさに唇を噛《か》む私の肩を、母がぽんと叩《たた》く。

「ほら、早く帰りましょう。心音の顔を見たらホッとして眠くなってきたわ」

「……私が運転するわ」

広いパーキングに止まっている車は数えるほどしかない。母の真紅の車を見つけて運転席へ回った。

羽田空港から千葉《ちば》県美浜《みはま》区の自宅に到着した。首都高速道路などを使って四十分ほどだ。

家は４ＬＤＫの戸建てで、駐車スペースには父の黒の国産車が止まっている。

時刻は午前二時を回っていたが、弟の悠人《はると》はまだ起きていて玄関で出迎えてくれる。

「姉ちゃん、おかえり」

「ただいま。寝ていればいいのに」

「眠れないから勉強してたんだ」

父の入院で、悠人もナーバスになっているのだろう。

身長百六十三センチの私よりも十センチほど高い悠人は、髪をツーブロックにしていて、おしゃれを楽しんでいるようだ。

彼女がいるのか、いないのかは教えてくれない。

唯ちゃんは、悠人はなかなかのイケメンだから絶対にモテるはずだと言っている。

一応、会社の跡取りである悠人は、大学卒業後はハートスカイジャパン航空に入社し、父の下で勉強する予定だ。

倒産しなければの話になるけれど。

お風呂に入ってベッドに横になったのは三時を回ってから。

四月に二泊三日で帰国したとき以来の、久しぶりの自分のベッドだ。

父は五十八歳。二、三週間の入院だと言っていたけれど、それから仕事復帰はちゃんとできるのだろうか……。

まだまだ働き盛りとは言っても、腎臓を患《わずら》ってしまっては今後の体調が心配だ。

父の体調も気がかりだが、会社もどうなるのか……。副社長や重役がしっかり動いてくれていればいいのだけど……。

父は新しい投資会社を探すからと、私を安心させようとしていたが、あれから一週間しか経っていないので、たいして話は進行していないのではないだろうか。

「はぁ……」

ため息を漏《も》らして寝返りを打つ。

ちゃんと寝なきゃ、体がもたないよね……。

無理やり楽しいことを考えているうちに、眠りに引き込まれていった。

翌日、十四時からの面会時間に母と病院へ行くと、個室のベッドに体を起こし、父はタブレットの画面を見ていた。

「お父さん、起きてて大丈夫なの？　まさか仕事をしているんじゃない？」

「心音！　わざわざ来たのか。大変だっただろうに」

父は私に驚きながらも、タブレットの電源を落として枕元に置く。

母はベッドの対面にあるソファセットのテーブルで、病院へ来る前に花屋で買ってきた花かごを、ショッパーバッグから出している。

「倒れたって連絡をもらったら、心配で駆けつけるに決まっているでしょう」

「ああ。そうだな。お前には心配ばかりかけている」

「家族だもの。なんでも話してほしいわ。倒れたことを知らされなかったら、あとで発覚したときに激怒していたわ」

「心音は怖いな。なあ、母さん」

父は楽しげに顔を緩ませる。

顔色は良くないものの、いつもの父の話し方で胸を撫《な》で下ろす。

私と父のやり取りを見ながら、花かごを出窓に置いた母が口を開いた。

「あなたは心音に弱いですから。常に見張ってもらいたいくらいですよ」

おどけたように話す母だ。

見張って……。

とても考えさせられる言葉だった。

その後、医師と看護師が現れて診察をし、薬で症状が落ち着いたら退院許可が下りるが、自宅へ戻っても食事療法は必須とのことだ。

「……私、こっちに戻ってくるわ。お父さんのサポートをする。秘書の橋口《はしぐち》さんにそこまでさせられないし」

倒れたと知らされたときから、ずっと考えていた。

「心音？　本気で言っているのか？」

父も母も驚いており、真意を確かめようとじっと見つめてくる。

「心音は香港が大好きなのに……」

「いつでも遊びに行けるわ。病気が良くなったら戻ればいいし。今はお父さんと会社が心配だから」

憂慮する両親にわかってもらえるよう、笑顔で言い切った。

翌日、わが社のフライトで香港へ戻った。到着はお昼過ぎで、その足で事務所へ向かい支社長と面会する。

父である社長の入院はメッセージを送っていたので、開口一番お見舞いの言葉を支社長は私に伝える。

父の現在の状況を話して、日本へ戻ることや社長のサポートに回る旨を話す。

「橋口さんから話は聞きました。お嬢様が戻られて社長のそばにおられれば病状も良くなることでしょう」

支社長は父のパイロット時代の後輩で、ふたりきりで話すとき、私を〝お嬢様〟と呼ぶ。

「だといいのですが……」

「こちらとしては、コミュニケーション能力が高く、語学も堪能なお嬢様に抜けられるのは大変な痛手ですが、なんとかしますので」

「急な話で申し訳ありません。よろしくお願いします」

支社長室を出てから、事務所にいる美鈴さんの元へ行き「ただいま」と声をかけてから帰宅した。

その夜、家に戻って来た唯ちゃんと美鈴さんと三人で、いつもの食堂へ夕食を食べに出掛けた。

イカの揚げ物やスペアリブの土鍋ご飯などを食べながら、ふたりにこれからの話をする。

「心音ちゃん、帰っちゃうんだ……」

「そんな話になると思っていたわ」

唯ちゃんと美鈴さんは、しんみりとした顔でうなずく。

父が倒れたとメッセージを送ったとき、ふたりから優しい言葉をかけてもらっていた。

彼女たちと同居していた香港生活がとても楽しかったから、ここから離れるのはつらい。

「すぐに香港が恋しくなっちゃうだろうな。ここの料理も食べたくなると思う」

「いつでも飛んできて。待ってるから」

美鈴さんはにっこり笑ってビールの入ったグラスを傾《かたむ》けるが、唯ちゃんから笑顔はない。

「そんな顔をしないの。一生、会えなくなるわけじゃないし」

唯ちゃんの顔を覗《のぞ》き込んで、ほっぺたを軽くつまむ。

「も、もう……、心音ちゃんったら」

彼女は頬を擦りながら小さく笑う。

「星崎さんと結婚することになっていたら、どのみちここから離れることになっていたんだし」

「それよ！　あの占い師のおばあさんが『来年……前半には生活が変わる』って言ってたのは当たってるわ！　結婚については外れたけど……やっぱり私の結婚は三十二歳かもしれない」

唯ちゃんはまた占い師のおばあさんの言葉を思い出したようで、両手をギュッと握って力説する。

「そうかもしれないね。来月一月八日から、日本にある本社で働くことになったし」

結婚はどうなるのか、あのおばあさんに聞いてみたい気もするけれど、今は怖くて聞けない。

この先の自分の人生に訪れるかもしれない、悪しき出来事を払拭《ふっしょく》するように、首を左右に振る。

「あー、海老炒めも頼んじゃおう。今日は私がここを持つわ」

このお店の海老炒めは、スパイスが利いていて殻ごと食べられる、舌鼓《したつづみ》を打つほどの一品で、一番値段が高い料理だ。

「じゃあ、海老ワンタンそばも追加で！」

三人でシェアしながらなので、まだまだおなかに入る余裕はあり追加注文をした。

残り少ない香港での生活を楽しみたくて、仕事帰りや休日には九龍《クーロン》島や香港島へ出掛けたかったが、すぐに繁忙期に入ってしまい、そうもいかなかった。

香港からのハノイ便や成田《なりた》国際空港への乗客も多く、年末年始で休暇を楽しむ日本人乗客で常に満席だった。

GS《グランドスタッフ》としての仕事は、この先もうできないかもしれない。

だから、仕事に忙殺されて出掛ける時間がなくても楽しかった。

父の病状は倒れたときに比べるとずいぶん良くなり、予定どおり一月五日に退院することになると、母から連絡をもらっている。

十二月三十一日。大晦日だというのに今日も一日忙しく、たくさんの乗客を見送って帰宅した。

明日も勤務はあるが、これから三人で九龍島の尖沙咀《チムサーチョイ》で点心の夕食を食べてから街をぶらぶらし、ニューイヤー・カウントダウン・セレブレーションの花火やライトショーを尖沙咀プロムナードで観て、一緒に年を越す予定だ。

深緑色のワンピースとクリーム色のカーディガンを身に着けて振り返ると、ちょうど唯ちゃんも着替え終わったところだった。

小柄な彼女はベージュのセットアップのパンツスタイルだ。

普段はジーンズばかりの美鈴さんも、今日はおしゃれをして、三人で出掛けた。

尖沙咀で予約していた点心のお店で、ゆっくり食事をしてから、大晦日でいつもより人通りの多い街を歩く。

中国圏では西暦のお正月は旧正月に比べると控えめだが、観光客が多いのでホテルや街はそれなりの雰囲気《ふんいき》を味わえる。

「ふぅ～、おなかいっぱい」

「おいしかったわね」

唯ちゃんと美鈴さんは満足そうだ。

「少し歩いたらカフェに入りましょうか。まだ二十時だしね」

「賛成！　食べ過ぎたから歩かなきゃ」

真ん中を歩く唯ちゃんは私と美鈴さんの腕に腕を絡めた。

香港は眠らない街と言うが、この時間でもスニーカーショップやコスメショップなど色々な店が開いているので、ところどころで店内へ立ち寄り、買い物をしたりウインドーショッピングを楽しんだりした。

カフェでマンゴースイーツを食べ終わる頃、時計を見れば二十三時を過ぎている。

私たちはカフェを出て、ビクトリア・ハーバーを目指した。


年が明けて一月五日。

繁忙期も過ぎて、今日が私のGSとしての最終日だ。

明日はどうしても行きたい所へ出掛け、翌日香港を発ち日本へ戻る。そして八日から本社で働く予定になっている。

部屋の荷物は残り二日分を残して、すべて日本へ送った。

三人が揃《そろ》うのは今夜が最後なので、香港島のおしゃれなイタリアンレストランで送別会をしてくれるという。

チェックインカウンターで唯ちゃんとハノイ便の業務をこなし、今は成田国際空港行きの搭乗口でお客様を機内へ案内している。

今日の成田便には車椅子《いす》のお客様がいて、安全に機内へ案内したり、例のごとく買い物をしているお客様を捜しまわったりと慌ただしかったが、これが最後なのだと思うとこの仕事が愛おしく離れがたい。

無事にお客様が機内に移動した。

終わっちゃった……。

飛行機を誘導路までけん引するトーイングカーが、プッシュバックさせるのをしんみりと見送ってから、唯ちゃんを振り返る。

「事務所へ行こうか」

「はい。お疲れさまでした！」

「お疲れさま。今日もありがとう」

唯ちゃんへ向かって微笑《ほほえ》むと、搭乗口を離れて事務所へ向かった。

建物には各航空会社の事務所があり、廊下を歩いていると向こうから他社のパイロットの制服を着た男性が歩いてくるのが見えた。

大手航空会社のジャパンオーシャンエアーのパイロットだ。航空会社の黒いキャリーケースを引いている。

通行の邪魔にならないように端に寄ったが、パイロットの男性は私の前で立ち止まり制帽を取った。

「あ……」

そのパイロットは、驚くことに斎穏寺《さいおんじ》さんだった。

一瞬、彼の姿に言葉を失うが、我に返って口を開く。

「ジャパンオーシャンエアーのパイロットだったんですね」

しかも若いのに紺色の制服の袖のラインは四本。

四本ラインは機長《キャプテン》で、三本ラインは副操縦士《コーパイ》である。

高身長の斎穏寺さんの制服姿は、ため息が出るほど似合っていて、とても素敵《すてき》だ。

その姿に見惚《みと》れて、顔が熱く火照《ほて》るのが自分でもわかった。

私と目が合った斎穏寺さんは、ふっと口元をほころばせる。

「明日の仕事は何時まで？　君を食事に誘いたい」

唯ちゃんは目を丸くするが、口を挟むべきではないと思ったのか、何も言わない。

そういえば、星崎さんの件では斎穏寺さんに助けられて、機会があったらお礼をしたいと伝えていたのを思い出す。

「明日は休みで……」

とっさに休みだと言ってしまったが、日本へ戻ることをわざわざ話す必要はないだろう。

「助けていただいたお礼はぜひさせてください。でも……」

斎穏寺さんから食事に誘われるなんて青天の霹靂《へきれき》だ。

特に彼が航空業界大手のジャパンオーシャンエアーのパイロットだと知った今、そんな人と出掛けるなんて……。

同業者ではあるが、大手航空会社とLCCとでは格差は否《いな》めない。

「でも？」

斎穏寺さんは首を微《かす》かに傾《かし》げて、私に言葉を促す。

「明日は出掛けたい所があるんです」

「では、迷惑でなければ一緒に行動してもいいか？」

「行き先も言っていないのに、いいのですか？」

「ああ。君が迷惑でなければな」

「わかりました。あとでつまらなかったと言わないでくださいね。おしゃれな場所へ行くわけではないので、ラフな格好でお願いします」

ポケットから名刺を出して、スマートフォンの番号を書いて渡す。

「斎穏寺さんの連絡先も教えてください。お時間をご連絡します」

彼と出掛けるのだと思うと、胸がドキドキしてくる。

「わかった」

彼も名刺を出して番号を記入して渡してくれると、軽く手を上げ出口に向かって立ち去った。

「ちょ、ちょっと、心音ちゃん」

唯ちゃんは私の手を引っ張って事務所に入り「お疲れさまでーす」と、社員たちに声をかけてから、足早に私を更衣室に連れて行く。

「あの人、アップグレード事件で助けてくれた人よね？　めっちゃかっこいい！　ジャパンオーシャンエアーのキャプテンだったなんですごいわ」

「そうね、職業なんて聞いていないから面食らったわ」

「彼から誘ってくるなんて、心音ちゃんに気があるんじゃないかな」

唯ちゃんは意味ありげに含み笑いをする。

「え？　そうじゃないわ。二回も助けてくれたから、機会があったらお礼をしたいと言ってあったの。今日たまたま会ったからよ」

ロッカーを開けてスカーフを外し、ブラウスのボタンに手をかける。

「今日たまたま会ったたって言っても、それでも彼は忙しいパイロットよ？」

なおも言い募る唯ちゃんに、私は肩をすくめる。

「ほら、もうそれはいいから、唯ちゃん、早く着替えましょう。突然のことに私だって頭が混乱しているんだから」

「だから、混乱する必要なんてないって。あの人から誘うってことは心音ちゃんに興味があるのよ」

そう言って、彼女は楽しそうに着替え始めた。

帰宅して夕食に出掛ける前に、スマートフォンに斎穏寺さんの番号を登録し、メッセージを打つ。

彼がインペリアルオーシャンホテルにいたことに合点がいった。

ジャパンオーシャンエアーもインペリアルオーシャンホテルも、ＪＯＡグループに属し、あのホテルはクルーたちの宿泊所になっていたはずだ。

【清水《しみず》です。先ほどのお約束ですが、九時に東涌《トンチョン》駅の待ち合わせでいいでしょうか？そこからフェリーに乗って三十分くらいで目的地に着きます】

私が香港の最後に行きたかった場所は漁村の町、大澳《タイオー》だった。

大澳は川沿いに棚屋と言われる水上の建物が軒《のき》を連ね、近代化されていない自然がそのまま残されている。そこにはピンクイルカが生息しており、その姿を見られれば幸運が訪れると言われている。

最近はどん底の運勢なので、香港を離れる前に訪れたかったのだ。

ピンクイルカは激減しているので、半年前に唯ちゃんと出掛けたときは見られなかった。今回も見られるとは限らないが、一週間前に香港の友人が訪れたときに目撃したと言うので期待はしている。

美鈴さんと唯ちゃんと三人で連れ立って、送別会を開いてくれるという上環《ションワン》のレストランに到着する。

料理を待つ間スマートフォンを確認すると、斎穏寺さんから【わかった】とメッセージが入っていた。

「心音ちゃん、彼のメッセージを見てるのかな？」

隣の席の唯ちゃんがニヤニヤする。

「彼って？」

対面に座る彼女はキョトンとした顔を私たちに向ける。

「二度、心音ちゃんを助けてくれた彼ですよ。その彼がなんと、ジャパンオーシャンエアーのキャプテンだったんです。ものすっごいイケメンです。事務所前の廊下でばったり会って、明日デートしないかって心音ちゃんを誘ったんですよっ！」

「ええっ⁉　パイロット！　すごいじゃない。デートですって？」

「ち、違います。デートだなんて言われていないですから。二度も助けてくれたお礼がしたいと前に伝えていたので夕食に誘われたんです。偶然廊下で会ったからだと思います」

唯ちゃんの誇張に、慌てて美鈴さんに説明する。

「明日は大澳へ行くのよね？　そのあとに？」

「大澳でゆっくりしたかったので、断ろうと思ったんですが――」

私の言葉を遮《さえぎ》って、唯ちゃんが話し始める。

「そのイケメンパイロットは、心音ちゃんが良かったら、外出に付き合いたいと言ったんです。絶対に心音ちゃんに関心があるに違いないです」

「斎穏寺さんはそんなつもりじゃないわ」

「ちょっと、心音さん。今、斎穏寺って言った？」

美鈴さんがテーブルに身を乗り出す。

「はい。斎穏寺新《あらた》さんです」

「うわ、びっくりっ！　腰抜かしちゃうんじゃないかってくらい驚いたわ」

「え？　何をそんなに驚くんですか？」

目をパチクリさせている美鈴さんに尋ねる。

「本当にその人が本当のことを言っているのなら、彼はＪＯＡグループの総帥の息子よ」

私と唯ちゃんは、口をポカンと開けて顔を見合わせる。

「嘘《うそ》はついていないかと……」

「心音ちゃんを騙そうとしているのかも」

「だ、騙す必要はないでしょ。あ、名刺をもらっているわ」

スマートフォンに連絡先を登録したあと、財布に名刺をしまっていたので、それをテーブルに出した。

それでふたりは本物だと納得する。

スパークリングワインが運ばれ、「香港勤務、お疲れさまでした！」と、ねぎらいの言葉をかけられ乾杯する。

「寂しくなるな。明後日には帰っちゃうなんて……」

先ほどまで楽しそうだったのに、唯ちゃんは急に寂しそうな表情になる。

「美鈴さん、唯ちゃんをよろしくお願いします」

「ええ。ふたりで仲良くやるから心配しないで。唯ちゃん、プレゼントを」

美鈴さんに言われて、唯ちゃんはバッグから薄い正方形の赤い箱を出す。その箱にはピンク色のリボンがかけられていた。

「心音ちゃんがいてくれたから、心強くて、毎日楽しかった。これは美鈴さんと選んだの」

ふたりの気持ちに胸が熱くなって、鼻の奥がツンと痛くなる。

「美鈴さん、ありがとうございます……唯ちゃん、ありがとう。開けますね……」

そう言葉にするのが精いっぱいだ。

リボンをほどき、箱を開ける。

プレゼントは一粒のルビーがついている二連のブレスレットだった。チェーンはピンクゴールドで、店内の明かりの光を受けてキラキラ輝いている。

「誕生石を選んでくれたんですね。とっても素敵……」

「はめてあげる」

唯ちゃんがブレスレットを台から出して、私の左手につけてくれる。

「ありがとう。大事にします」

うれしい気持ちと、別れのつらい気持ちがぐしゃぐしゃに入り交じって、涙腺が崩壊した。

「心音ちゃん、サポートが必要なくなるくらい伯父様の具合が良くなったら戻って来てね。待ってるから」

「……うん」

そうなればいい……。

ハンカチで涙を拭《ふ》き終わったところで、前菜が運ばれてきた。

「わぁ、綺麗《きれい》。写真撮らなきゃ」

しんみりしていた場が、料理と唯ちゃんの言葉で和《なご》んで、私と美鈴さんは顔を見合わせて笑う。

美しいお皿に盛られた三種類の前菜を、唯ちゃんはスマートフォンで写真に収める。

その後も、おいしい料理を目で楽しみ、舌で味わう。

チューリップ型のブランデーグラスにフルーツと生クリーム、グラノーラなどが入ったデザートのパフェを食べ終えた唯ちゃんはレストルームへ行き、美鈴さんとふたりだけになった。

「ねえ、心音さん。この前のお見合いは会社が危ないからよね？」

「えっ、知っていたんですか？」

「事務所にいれば他所《よそ》から耳に入ってくるわ。社長が倒れたのもそれが原因でしょう？」

すでに噂《うわさ》になっているのなら、美鈴さんには隠せない。

「はい。そのとおりです。父の力になりたかったけれど、星崎さんは無理でした」

「また政略結婚を勧められそうね」

「……かもしれません」

プレゼントのブレスレットへ視線を落として、そっと指で触れる。

「前に恋バナしたときに、今まで恋人がいなかったって言ってたでしょ？　恋を知らないまま政略結婚するとしたら、かわいそうだわ」

「でも、好きになれる人なんて、そこら辺にいるわけじゃないですし……」

「さっき話に出た斎穏寺さんだけど。自社だけでなく他社のＣＡでさえ、憧れている人が多いイケメンなんだから、彼を誘惑して手ほどきを受けてみたら？」

何を言われたのか理解できなくてキョトンとなると、美鈴さんはくすっと笑う。

「誘惑して手ほどき？」

「そんなことだから、今まで恋人がいなかったのね。いい？　チャンスは明日よ。斎穏寺さんを誘惑してエッチしてくるの」

ギョッとなって目を見開く。

「きょ、極端じゃないですか。唐突だし。彼はそんなつもりは毛頭ないです」

「明日一緒に出掛けるってことは、心音さんは斎穏寺さんを悪くないと思っているはず。彼の方も休息日をあなたと過ごすってことは、唯ちゃんの言うとおり脈ありだと思うの。それなら一度は経験しておいた方がいいわ」

「美鈴さん……」

そこへ唯ちゃんが戻ってきた。

明日はふたりも勤務だし、私も出掛けるのでレストランを後にした。

# 四、極上のパイロットを誘惑？

翌日、約束の場所へ向かう。

青空が広がり、風があるものの清々《すがすが》しく、足取りも軽くなる。

白のカットソーに細身のジーンズ、くすんだブルーのロングカーディガンを羽織り、手首には昨日プレゼントされた二連のブレスレットをつけている。

『斎穏寺《さいおんじ》さんを誘惑してエッチしてくるの』

昨夜、美鈴《みすず》さんがあんなこと言うから、変に斎穏寺さんを意識してしまいそうだ。

待ち合わせ場所では、すでに斎穏寺さんが待っていた。彼は手元のスマートフォンに視線を向けている。

昨日のパイロットの制服姿が強烈に脳裏《のうり》に残っているが、今日の彼はクリーム色の薄手のVネックセーターに黒のジーンズを穿《は》いている。

身長が高いからだろうか、脚の長さが際立っていて、バランスの取れたスタイルに見惚《みと》れてしまいそうだ。

「おはようございます。お待たせしてしまってすみません」

近づく私に気づいた彼は口元を軽く緩ませ、スマートフォンをジーンズの後ろポケットにしまう。

「おはよう。俺も来たばかりだよ」

「お待たせしていなくて良かったです。今日の行き先なんですが、斎穏寺さんには退屈かもしれません。行きたくないと思ったら、お帰りになってもかまいませんので」

「ククッ、俺と一緒は嫌だと思ってる？」

含みのある豊かな声色で問われて、心臓がドクッと跳ねる。もしかしたら顔が赤くなっているかもしれない。

それを誤魔化すように、慌てて首を横に振る。

「そ、そんなこと思っていません。場所は――」

「どんな所でもかまわないよ。秘密のツアーみたいで楽しい。連れて行ってくれ。さあ、どっちへ行く？」

私の言葉を遮《さえぎ》って、斎穏寺さんは指を右左へ動かす。

「……フェリー乗り場に。少し離れているので、タクシーで行きます」

「フェリーか。面白そうじゃないか」

タクシー乗り場へ歩を進めて、待機していた青タクシーに乗り込む。

『フェリー乗り場へお願いします』

広東語《カントン》でタクシー運転手に告げると、車が動き出す。

「広東語ができるのか」

「ええ、それなりに話せます。あの、広東語ってわかるのなら、斎穏寺さんも話せるのではないですか？」

「挨拶《あいさつ》程度しかわからないよ」

目尻を下げる斎穏寺さんに私の顔も自然とほころぶ。

五分後、フェリー乗り場に着き、私がタクシー代を払おうとすると先に彼が支払ってしまった。

「あ、私が……」

「気にしないでくれ。降りよう」

促されてタクシーから降りる。

「斎穏寺さん、困ります。今日は二度も助けていただいたお礼なんですから」

「これからどこへ連れて行ってくれるのだろうかとワクワクしているんだ。支払いくらいさせてくれ」

「では、フェリー代は私に。行き先は内緒なので、ここで待っていてくださいね」

有無を言わさずに彼をその場に残して、チケットを購入して戻る。

「十分後にフェリーが来ると思います。こっちです」

大澳《タイオー》行きのフェリーは九龍《クーロン》島の最西にある屯門《テュンムン》から出港している。

大澳まではバスも出ていて本数もフェリーより多いが、ちょうどいい時間だったので、フェリーに決めた。

それにバスでは到着まで時間がかかってしまうが、フェリーなら約三十分で行ける。

香港《ほんこん》国際空港に離着陸する飛行機を真下から見られるのも、パイロットの彼にとって面白いのではないかと思ったのだ。

ほどなくしてフェリーが到着する。案内に従って乗り込み、窓側を譲られて席に座る。

「それにしても、斎穏寺さんがジャパンオーシャンエアーのパイロットだったなんて驚きました。しかも機長だなんて」

「ずっと若い頃に、海外で飛行を学べたから運が良かったんだ」

「運でパイロットになんてなれませんから」

軽く話す斎穏寺さんに笑う。彼と話をするのが楽しい。

そこへ飛行機のエンジン音が頭上から聞こえてきて、空が見えるように頭を動かす。

屋根があるので頭を横に倒すと飛行機が見えた。

「斎穏寺さん、エアバスです」

そう言うと、彼は私の方に体を傾《かたむ》けて空を覗《のぞ》き込むようにして見上げた。

腕を船体に置いているけれど、ものすごい至近距離に端正な顔がある。それに香水だろうか、落ち着いたウッディ系の匂いが鼻をくすぐり、鼓動が大きく跳ねた。

「近いな。面白いアングルだ。ああ、すまない。体重をかけていた」

「い、いいえ」

本当は心臓が暴れ回って飛び出そうなくらいドキドキしているけど、平静を装ってゆるゆると首を横に振った。

斎穏寺さんは元の席に戻り、長い脚を組む。

海風が当たっているが、寒さは感じず気持ちいい。

どんどん日本へ帰る時間が近づいてきて、憂鬱《ゆううつ》な気分になってくる。

だめだめ、自分で帰ると決めたんだから。

フェリーはもう一カ所の船着き場に寄り、大澳に到着した。

「大澳か。行ってみたいと思っていた場所だよ」

フェリーから降りると、あちらこちらで干している魚などが目に入り、いかにも漁村の風景が見られる。

「中心部の高層ビル群からでは、想像がつかないくらい田舎ですよね。私、ここに生息するピンクイルカを見たかったんです。以前来たときは見られなくて。でも、香港の友人が一週間前に来たときは見られたと情報をくれたので」

「海洋汚染が進んでいると聞いていたが……ピンクイルカがまだ見られるのか」

「まあ運しだいなんですが……」

海産物などを売っている店が軒《のき》を連ねている。

揚げた海老を売る店や、ドーナツやピーナッツ餡《あん》の入った大福のような食べ物など、どれも観光客に人気で食べ歩きができる。

それらの店を横目に、二十人も乗れないくらいの小さなボートに乗った。私たちを含め、五人の客が乗船してボートは動き出す。

水上の家が建つ棚屋を通り、沖の方へボートは向かう。

ピンクイルカが見られるのかドキドキしている。

隣に座る斎穏寺さんは景色を楽しんでいる様子でホッとする。

来てみたかったと言っていたから、喜んでもらえたのかも。

沖へ出て少しすると、斎穏寺さんが「あれがそうじゃないか？」と遠くの海面を指差す。

まだかなり遠いが、ピンクイルカらしきものの背が見えた。

「あ！」

そこで船頭さんが乗客に『ピンクイルカがいる』と教えてくれる。

二頭のピンクイルカが泳いでいるのが、はっきりと見えた。

じっと食い入るように、目に焼きつけるように注視していると、いつの間にかその姿は消えていた。

おそらく一分ほどの短い時間だったが、ピンクイルカを目にでき、感動に胸が震える。

「さすがパイロットですね。目がいいです」

「ピンクイルカ、見られて良かったな」

「はい。なんとなく気持ちが軽くなりました」

船頭さんはボートを運転しながら癖《くせ》のある英語で『今日はラッキーでしたね。昨日は全然でした』と話す。

これで私の運も良くなったかな。

ボートは乗船した場所に戻ってきた。

もうお昼の時間だ。

「おなか空きましたよね？　少し歩きますが、旧警察署を改装した建物のレストランへ行こうと思うのですが」

そこは香港の歴史的建造物で、イギリス植民地時代のスタイルのホテルとして改装されていた。併設されたレストランなら、近辺の大衆食堂よりも斎穏寺さんに満足してもらえると思って提案した。

「そうだな。店は君に任せるよ」

「では、そこに行きましょう」

ピンクイルカが見られたせいか、隣で歩く男性が素敵《すてき》なせいか、足取りも軽く会話を弾《はず》ませながら向かった。

レストランの天井は木枠にガラスが埋め込まれ、陽が入って明るい。シーリングファンがところどころにつけられており開放感がある。

席は半分ほど客で埋まり、みんな楽しそうに食事をしている。

メニューはチャーハンや麺類のような中華から、ハンバーガーやパスタなど国際色豊かだ。

私も斎穏寺さんも、ハンバーガーとポテト、デザートがついたアフタヌーンティーのようなメニューに決めた。

先にオーダーしたビールが運ばれてくる。

斎穏寺さんはふたつのグラスにビールを注ぎ、「お疲れ」と言ってグラスを呷《あお》った。

「お疲れさまです」

私もグラスを口にする。

喉が渇いていたので、おいしく喉を通っていく。

「はぁ〜、今日はとてもいい気分です」

「ピンクイルカのせい？　見られると幸せになれるんだろう？」

「はい。最近の私は運気低迷って感じで、気持ちもすっきりしていなかったんです」

「あの男の件はどうなった？」

そう言って、彼はもうひと口ビールを飲む。

「彼はお見合い相手だったんです。だけど、あんなことになってしまったので、翌日、父に電話をして断ってもらうように伝えました」

「それなら運気低迷でもないんじゃないかな？」

斎穏寺さんの耳にも、わが社が危ないことが届いているのではないだろうか。

でも、そんなことは話せない。

「ふふっ、あれだけでも充分悪いですよ。あ、仕事では、座席をアップグレードしろって言って、人を突き飛ばしてくる乗客もいましたし」

「ああ、そんな客もいたな」

思い出したようにふっと笑みを漏《も》らす。その姿が美麗すぎて鼓動が速くなった。

そこへ料理が運ばれてきた。

話題が尽きないまま、ケーキのデザートを食べているとき、テーブルの上に置いていたスマートフォンが振動した。

母からだ。何かあったのだろうか。

「すみません、母からです。大事な電話かもしれないので少し失礼します」

斎穏寺さんに断りを入れて席を立つと、スマートフォンの通話をタップして歩きながら電話に出る。

「お母さん、ちょっと待ってね。今移動するから」

レストランの外に出る。

「もしもし、お待たせ」

《ごめんなさいね、どこかへ出掛けているのね》

どことなく、いつもの声よりテンションが低いように聞こえる。

「出掛けられるのも最後だからね。どうしたの？　もしかしてお父さんの容態が思わしくない？」

父は昨日退院したと、メッセージをもらっていたのだけれど。

《いいえ。お父さんの体の方は良くなっているわ》

「体の方は……？」

《ねえ、心音《ここね》。星崎《ほしざき》さんの件、もう少し考えてもらえないかしら》

「え？　断ったんじゃ……？」

嫌な予感がして眉根が寄る。

ホテルで恥をかかせたのだから、向こうからも断ってくるだろうと思っていた。

《それが……ぜひ、縁談を進めてほしいと言われて、断りきれなかったようなの。そのことでお父さんは頭を悩ませていて……》

断ってくれていなかったのだ。

それほどパートナーになってくれる会社が見つからないのだろう。

ピンクイルカを見て、さっきまで晴れ晴れとしていた心に、どんよりとした暗雲が広がっていく。

《心音？》

「……考えてほしいって、結婚してほしいってことよね？」

《お父さんの心労を考えると……ごめんなさい。お母さんも苦しいのよ。でも、会社が倒産したら……悠人《はると》もお父さんの跡を継げるように勉強を頑張っているし……》

星崎さんが私の夫になったら……。

そう思った瞬間、食べたものが胃からせり上がりそうになった。

気持ち悪くてたまらない。

吐《は》き気を堪《こら》えて、なんとか口を開く。

「……明日帰ったら話を聞くわ」

《わかったわ。明日の夜はご馳走《ちそう》を作るから。待っているわね》

通話が切れた。

母は同じ女性としてわかってくれると思っていたのに。

実際、星崎さんと対面していないから、「もう一度考えて」だなんて言えるのだ。

私も頑張っているのに……。

あそこで悠人の名前を出さないでほしかったな。

暗い気持ちになったら、斎穏寺さんはすぐに気づいてしまうだろう。せっかく来てくれているのに気を使わせてしまったら申し訳ない。

大きく深呼吸をする。先ほど目に焼きつけたピンクイルカを思い出し、気持ちを入れ替えてからテーブルに戻った。

「席を外してすみません」

「いや、緊急だった？」

憂慮《ゆうりょ》する視線を向けられて、胸のモヤモヤをすべて話したくなったが、笑みを浮かべて首を左右に振る。

「いいえ。たまに、たいした話じゃないのにかけてくるんです」

「仲がいいんだな。心配もしているんだろう。遠くにいるから寂しいんじゃないか？」

「そうですね。きっとそうだと思います」

「うちの妹は年が離れていて今は大学生なんだが、なんだかんだと母と出掛けてばかりだ」

「斎穏寺さんは、妹さんがいらっしゃるんですね」

大学生なら斎穏寺さんと一回り以上離れている。

「俺を産んだあと子供に恵まれず、諦めたところで妹の帆夏《ほなつ》が生まれたんだ」

「待望のお子さんだったんですね。斎穏寺さんは妹さんをかわいがっていそう。うちは弟で大学生です」

ビールは最初の一杯だけにしたので、追加でオーダーしたミルクティーを飲む。彼はブラックコーヒーだ。

「年齢が離れすぎているせいか、時々、親みたいな気持ちになっているよ」

彼は正義感も強いし、ビジュアルも最高にかっこよくて、きっと妹さん自慢の、素晴らしいお兄さんなのだろうと思う。


レストランを出た私たちは、歴史的建造物やいくつかのウォールアートのある漁村を散策し、夕方のバスに乗って帰ることにした。

バス停に向かいながら、私はどんよりした気分に襲われていた。

楽しかった時間がもう終わる。

母の言葉が、思い出すたびに心臓を突き刺す。

つい考え事をしてしまい、良い同行者ではなかったかもしれなくて、斎穏寺さんに申し訳ない気持ちだ。

「あ！」

小石に足を取られてよろける私を、斎穏寺さんがさっと支えてくれる。

「大丈夫か？　足は痛めていない？」

支える手はそのままに、顔を覗《のぞ》き込まれる。

「……はい。ちょっとボーッとしてました。ありがとうございます」

「結構歩いたから疲れたんだろう」

腕を掴《つか》んでいた手がごく自然に私の手を握った。驚いて彼の顔を仰ぎ見る。

「行こうか」

「は、はい」

斎穏寺さんの手が心地いい。ホッとするような包み込まれる感覚だった。

バス停に着くと、その手は離されてしまい寂寥《せきりょう》感に襲われた。

東涌までは一時間くらいで、到着したら斎穏寺さんとは、そこでお別れ……。

バスが到着して乗客がぞろぞろと乗り込む。

ふたり用の座席に斎穏寺さんと並んで座ると、ほどなくしてバスは動き出す。

「清水《しみず》さん、東涌に着いたら夕食を食べに行かないか？」

「いいんですか？」

「ああ。ホテルに戻ってもひとりで夕食は侘《わび》しい。良かったらご馳走させてくれ」

「でも、ランチも私が払うつもりだったのに、斎穏寺さんが出してくれて……」

「前から行きたかった場所へ連れて来てくれたお礼だ。おすすめのレストランはある?」

まだ一緒にいられると思ったら、沈んでいた気分は浮上しつつある。

「どこでもかまいません」

「わかった。では俺が決めよう。疲れただろう? 肩を貸すから眠るといい」

肩を貸してくれるだなんて。うれしいけど、彼はパイロットなのだから、頭の重みで腕を痛めたりしたら困る。

「重いですよ?」

「かまわない。君の頭くらいどうってことないから」

「では……すみません。お言葉に甘えて」

男性の肩を借りて眠るなんて初めてだ。

斎穏寺さんは甘えられる安心感があって……。

そう思った瞬間、星崎さんを思い出してしまった。

あの人と結婚なんて……。

東涌でバスを降りて斎穏寺さんがレストランの名前を口にした。そこは九龍島にある、香港で一番高いビルに入っている五つ星のセレブリティなホテルだ。

「それって、あの有名な創作広東料理のお店ですよね？　とてもじゃないですが、入れるような服装ではないです」

そこのレストランは、まだ一度も訪れたことがなくて気になっていたが、行く機会がなかった。

それに、あいにく日本に荷物を送ってしまっているので、ふさわしい服だって手元にない。

「それなら途中で買えばいい。せっかくだから、おしゃれをして食事をしないか？」

斎穏寺さんの提案に心が揺れる。

もうこんな素敵な男性と、デートのような時間を過ごすことは一生ないかもしれない。

そんな考えが脳裏《のうり》をよぎり、気づけばコクっとうなずいていた。

「そうですね。気になっていたレストランなので、楽しみたいと思います」

「では、行こう」

斎穏寺さんはタクシーを止めて九龍島の海港城《ハーバーシティ》へ向かうよう運転手に告げた。

ハーバーシティは香港最大のショッピングモールで、ハイブランドの店舗や映画館、飲食店などが入っている。

三十分後、タクシーは目当ての場所に到着した。

斎穏寺さんは何度も訪れたことがあるみたいで、案内板を見ずに目的の店に向かっている。

「ここにしよう」

連れて来られた目の前のハイブランド店に驚いた。

社長令嬢とはいえ、家を出てGS《グランドスタッフ》のお給料でやりくりしているので、こんな最高級のショップで買い物をしたことはない。

店員がガラスの扉を開け、斎穏寺さんは店内へと私を促す。

今までプチ贅沢《ぜいたく》しかしてこなかったのだ。ここは思いきって気に入った服を買おう。

そう決心して店内へ歩を進めた。

「清水さんの好みの色は？」

斎穏寺さんは私に尋ねながら、膝丈からミモレ丈のドレスが並ぶ方へ足を運ぶ。

「淡い色が好きです」

美しいドレスに目移りがしてしまいそうだが、ふと桜色のドレスに目が留まった。

ホルターネックのウエストにリボンのポイントがあり、ミモレ丈のドレスだ。袖は肩が出ているが、手首までオーガンジー素材になっている。

桜色でフェミニンに見えるが、黒や真紅だったらセクシーだろう。

「これが気に入った？」

「はい。とても素敵なドレスだと思います」

まだ値段を見ていないが、清水《きよみず》の舞台から飛び降りる気持ちで買おう。このドレスは、自由だった自分への最後のプレゼントとして。

斎穏寺さんはそばにいた店員に、英語で『これをお願いします。そのまま着ていきます』と告げる。

ドレスに似合うパンプスも選んだ私を、店員はフィッティングルームへ連れて行こうとする。

「斎穏寺さんの服は？」

「俺のは簡単に決まるから、着替えてくるといい」

「わかりました」

フィッティングルームに案内されて、ドレスを渡されひとりになる。

着替える前に値段を見る。ボーナス分くらいの金額だったが、気にしないことにして、服を脱いでドレスを着用した。

ホルターネックなのでブラジャーはつけられないが、胸に薄いパットがあって問題なさそうだ。

ドレス姿になった全身を鏡に映してみて、大満足だった。ドレスのおかげで、いつもよりも洗練された女性に見える。

「あ！　髪をアップにしよう」

首から肩のラインがすっきりして見えるだろう。

バッグからメイクポーチを出して、髪を留めるバレッタで緩くアップにした。

フィッティングルームから出ると店員がソファに案内してくれ、斎穏寺さんの着替えを待つ。

その間、ドレスの値札が取られ、脱いだ服と靴はそれぞれ丁寧にビニール袋に包まれ、ショッパーバッグに入れられた。

そこへ黒のスーツに、私が着ているドレスに似た色味のネクタイをつけた斎穏寺さんが現れた。

うわ、かっこいい……！

見惚《みと》れてしまうくらいの男の色気を感じさせる姿だ。

「斎穏寺さん、とても素敵です」

ソファから立って彼の前へ立つ。

「清水さんも綺麗だよ。よく似合っている」

「ふふっ、私も普段の自分じゃないくらい変わったなって思います」

「気分は少し晴れたか？」

「え……？」

私の落ち込み具合は、そんなにあからさまだったのかと、驚くと共に申し訳ない気持ちになる。

「ごめんなさい。バレちゃってましたよね……」

「電話から戻って来てから、ピンクイルカを見たときの君とは違っていたからな。では、食事に行こう」

ショッパーバッグをふたつ手にした斎穏寺さんの腕が腰に回り、ドキッと心臓が跳ねる。

彼はただエスコートしてくれるだけなのに気持ちが昂《たか》ぶってしまう。

ドアへ向かおうとしているのに気づいて足を止める。

「斎穏寺さん、支払いがまだです」

「それはもう終わっている」

私が立ち止まったので、腰に置かれた斎穏寺さんの手が離される。それを寂しいと思ってしまうが、目下のところ支払いの件を解決しなければ。

「おいくらでしたか？　私の分はお支払いします」

「俺が連れてきたんだから、支払うのは当然だ」

「そんなの困ります。もちろん信じられないくらいお高いので戸惑いましたが、今までのご褒美《ほうび》だと思って自分で買うつもりです」

「ドレス代を支払ったくらいで一文無しになることはないから気にしないでいい。それよりも行こう。レストランの予約時間が迫っている」

「でも……」

動かない私の手が握られ、ハーバーシティの出口に向かわされた。

ショッピングモールを出た所でタクシーを拾い、後部座席に並んで座ると、斎穏寺さんは目的の五つ星ホテルに行くよう運転手に伝えた。

「斎穏寺さん、困ります」

「ピンクイルカの効果だと思えばいいんじゃないか？　ドレスをプレゼントされてラッキーだと。俺があの店に連れて行ったんだから責任があるんだ」

そこまで言ってくれているので、恐縮するけど……。

「では……ありがたくお言葉に甘えさせていただきます。ありがとうございます。大事に着させていただきます」

「ああ」

短い返事のあと、斎穏寺さんは端正な顔に麗《うるわ》しい笑みを浮かべた。

その笑みに心臓が射抜かれたようにズキッと痛みを覚えた。


ほどなくしてタクシーはホテルが入っているビルに到着した。

エレベーターで百三階までいっきに上昇し、降りた所がホテルのフロントロビーになっている。

レストランやバーがあるのは一階下で、エスカレーターで降りる。そこからすでに煌《きら》びやかな雰囲気《ふんいき》だ。

この雰囲気に負けない極上の男性のエスコートを受け、夢見心地だ。

創作広東料理のレストランへ入店し、テーブルに案内される。

天井が高く、大きなシャンデリアがあって、白いテーブルクロスに真紅の椅子《いす》が映えて贅沢な空間だ。

窓から香港島と九龍島の景色が見えるが、高さがあるので見下ろした夜景は少し遠く感じる。

でも、素敵な眺めには違いなく、美しい夜景に自然と笑みが浮かぶ。

メニューを私に尋ねた斎穏寺さんはスタッフにオーダーを済ませる。

「一度来てみたいと思っていたので、とてもうれしいです」

「同僚からここのレストランがいいと勧められていたんだ。気になっていたレストランに綺麗な君と一緒に来られてうれしいよ」

「綺麗だと思っていただけるのは、このドレスのおかげです」

ドレスを着ていると、自信が湧いてきて、背筋が伸びるような感覚を覚える。

「いや違う。ピンクイルカを見ていたあのときも、君はキラキラ輝いていて綺麗だったよ」

「ふふっ、口がお上手なんですね」

褒《ほ》められることに慣れていないので、恥ずかしい。

「斎穏寺さんも、ものすごーく素敵です。周りの席の女性たちから、視線を感じませんか？」

頬に熱が集まってくるのを感じながら、本音が思わず出る。

周りのテーブルで食事をしている何人かの女性が、チラチラこちらを見ていることに私は気づいている。

「まったく感じないよ」

そう言って彼は笑ったところで、スパークリングワインが運ばれてくる。

ソムリエが料理との相性の良いイタリア産のスパークリングワインだと説明し、フルートグラスに淡い黄色の液体を注いで去っていった。

「乾杯しよう」

フルートグラスを手にして、小さく掲げて乾杯する。

レストランスタッフが鮑《あわび》とクラゲの冷菜やイベリコ豚のチャーシュー、花のように切られたイカの上にいくらがのった前菜などがテーブルの上に並べられていく。

「食べるのがもったいないくらい芸術的ですね……」

唯《ゆい》ちゃんがいたら、すかさずスマートフォンに写真を収めるだろう。

鮑は柔らかく、イベリコ豚のチャーシューも口の中へ入れると蕩《とろ》けていく。

そのあとも、最高の料理をいただき、デザートを待つばかりになった。

ふと、もうすぐ斎穏寺さんと別れるのだと考えたら、胸が苦しくなってしまう。

恋愛経験はほぼないと言っていいくらいで、こんな風に男性と楽しい時間を過ごしたのは斎穏寺さんが初めてだ。

私は彼に惹《ひ》かれているのだろう。

会ってすぐに嫌だと思った星崎さんとは違って、斎穏寺さんと一緒にいると居心地がいいし安心できる。それに行動力があって気配りもできて……何より一緒にいて楽しい。

そんな大人の男性の魅力を今日一日、目の前で見せられていたので、余計に惹きつけられるのだろう。

エッグタルトや胡麻団子、さっぱりとしたレモンのソルベのデザートをコーヒーでいただき、何気なく腕時計へ視線を落とす。

二十一時になろうとしていた。

「タイムアップなら自宅へ送っていく。それともバーへ行こうか？　部屋で飲んでもいい」

「え……」

三つのうちのひとつの選択肢に驚きを隠せない。

もしかして、斎穏寺さんもまだ一緒にいたいと思ってくれているの？　でも、部屋で……とは……？

「あ、あの」

「ん？」

「部屋って、斎穏寺さんの泊まっているホテルへ移動するってことですか……？」

「滞在のホテルはここなんだ」

ここ……心臓がドキドキしてきた。

「系列のインペリアルオーシャンホテルでは？」

「休暇だから、どこのホテルに泊まってもかまわないだろう？　バーへ行く？」

斎穏寺さんの意図がわからない。

部屋と言ったのは、落ち着いて静かにお酒を飲みたいだけかもしれない。

「……部屋で」

こんな風に自由でいられる最後の日かもしれない。

惹かれている斎穏寺さんとまだ一緒にいたい。

心の赴《おもむ》くままに行動しよう。

「意外な選択だな」

「へ、部屋でと言ったのは斎穏寺さんじゃないですか」

私をからかっただけなのだろうか？

「バーで飲む選択もできるが？」

がった。

「わかった、そうしよう。部屋からの眺めもいい」

斎穏寺さんは片手を上げてスタッフを呼ぶと、伝票にサインをして椅子から立ち上

「部屋がいいです」

五階上でエレベーターを降りた斎穏寺さんは「こっちだ」と言って廊下を進む。

私の心臓はドクドクと暴れていて痛いくらいだ。

これからどうなるの?

恋愛経験の乏《とぼ》しさから部屋へ行く意味が読み取れない。星崎さんの場合はあからさまだったからわかったけれど。

ドラマや小説だったら、部屋に入った瞬間から抱きしめられてキス……。

そんな風に考えている自分を失笑する。

部屋に入ったからって私を抱くつもりはないかもしれない。

恋人の話は彼の口から出なかったが、こんなに素敵な人だもの。パートナーがいないとは限らない。

そう思うのに、「どうにでもなれ」と投げやりな考えに襲われている。

ふと、美鈴《みすず》さんの言葉を思い出す。

『そんなことだから、今まで恋人がいなかったのね。いい？　チャンスは明日よ。斎穏寺さんを誘惑してエッチしてくるの』

夕食を食べるまでまったく考えなかったが、この先、星崎さんとの政略結婚が否《いや》が応でも進むのなら、斎穏寺さんと一夜限りでいい……共に過ごしたい。

彼は廊下奥の観音開きの扉の前に立ち、カードキーで施錠を解除した。

「どうぞ」

扉を開けた斎穏寺さんに促され、鼓動を暴れさせながら入室する。

目に飛び込んで来た一面の窓とラグジュアリーな広い部屋にびっくりする。

ここはスイートルーム……？

窓辺に近づくと、先ほどのレストランと同じような夜景があった。

「こんなにすごい部屋に入ったのは初めてです。すごい景色……」

「そうだな。系列ホテルよりも眺めがいい。何を飲む？　色々置いてある」

斎穏寺さんはショッパーバッグをソファの横に置き、黒のジャケットを脱いでソファの背へ無造作に掛け、ネクタイを緩ませてからバーカウンターへ向かう。私も窓辺を離れて彼に近づく。

バーカウンターには各種小瓶のアルコールがお店さながらに陳列しており、ワインセラーにもたくさんの瓶が並んでいる。

「これだけあると悩んじゃいますね」

「飲みたいのを言って。なんでもいいよ」

「では……スパークリングワインでいいでしょうか？」

「もちろん。用意するからソファに座るか、部屋を探索していてもかまわない」

「それなら、部屋を見させてください。スイートに入る機会なんて、一生に一度だけだと思うので」

心臓の高鳴りも治まり笑顔で斎穏寺さんから離れる。

ソファセットのあるリビングとの境にあるテレビの向こう側へと歩を進める。そこにはキングサイズのベッドがあった。

白いシーツとシルク素材のワインレッドのベッドフローが目に入って、鼓動が大きく跳ねる。

慌てて踵《きびす》を返し、グラスとアイスペールに入ったスパークリングワインを大理石のセンターテーブルに用意している斎穏寺さんの元へ戻る。

「びっくりするくらいのラグジュアリー感ですね」

「そうだな。夜景を見ながら飲もう。こっちにおいで。ここに座るといい」

フルートグラスにスパークリングワインを注いだ彼はそれを手に、シルクの布が張られた窓辺のベンチに座る。

窓を背にして腰を下ろすとグラスが渡されるが、百万ドルの夜景は少し視線を動かしただけで目に飛び込んでくる。

なんてロマンティックなシチュエーションなんだろう……。

斜めに座っているので、脚を組んだ彼の膝が触れそうだ。

平常心で余裕のある笑みを斎穏寺さんに向けるが、この距離に心臓が壊れそうなくらい暴れていた。

「どうぞ」

「いただきます」

グラスを口に運び、スパークリングワインが喉を通っていく。

斎穏寺さんも半分ほど飲むと、窓の横にグラスを置いた。

さっきまで気軽に会話できていたのに、今は何を話せばいいのかわからない。

「……休暇だったんですね」

「ああ。のんびりしたくてね」

「パイロットは乗客の命を預かりますから、大変な仕事ですものね。のんびりしたくなるのも無理はないです。あ、でも今日はのんびりと言うわけにはいかなかったですね」

「いや、楽しかったよ。ピンクイルカにも会えたし。貴重な体験だった。清水さんはどうだった？　俺は邪魔だったかな？」

からかうような瞳を向けられ、口元を緩ませて首を左右に振る。

「邪魔じゃなかったですよ。ひとりで孤独に行動するよりも、斎穏寺さんが一緒だったので楽しかったです。でも、同行するにあたって、私はつまらないパートナーだったかもしれません。すみませんでした」

「何を謝るんだ。楽しかったと言っただろう？　それにそう思っていなかったら夕食にもここにも誘わない」

良かった……。

ホッとして、スパークリングワインに口をつける。

グラスを空けると、斎穏寺さんは立ち上がってセンターテーブルからワインクーラーに入ったスパークリングワインの瓶を手にして注いでくれる。

今日は料理に合わせたアルコールもいただいているので、これ以上飲んだら酔っぱらってしまうところまできている。

それでも酔ったら羞恥心《しゅうち》なんて感じずに、斎穏寺さんを誘惑できるのではないかと思う。

誘惑……？

経験のない私が、恋愛経験が豊富に見える彼のような人を誘惑できるの？

気持ちを落ち着かせるため淡い黄金色の液体をひと口飲んで、グラスを持ちながら窓へ顔を向ける。

宝石箱からこぼれ出たような景色も見納めだ。

香港へは当分来られないだろう。

無意識にため息を漏《も》らしてハッとなり、斎穏寺さんの方へ顔を向ける。

彼はクールに感じる印象的な目で私を見ていた。

「ごめんなさい。ため息を……」

「ああ。悩み事でも？」

優しく尋ねられると、すべてを話したくなってしまう。

だけど、私の身の上話など聞かされても、楽しい時間に水を差すだけだ。

「悩み事はたくさんあります。でも……一番の憂い事は香港を離れることです」

「香港を離れる?」

斎穏寺さんは意外そうな声になり首を軽く傾《かし》げる。

「はい。父が体調不良で帰国することになりました。ここが大好きなので感傷的になってしまったみたいです」

小さく笑みを浮かべるが、口にしてみると胸が痛くなって、もしかしたら引きつった顔になっているかもしれない。

「そうだったのか……」

「この美しい夜景ともしばらくお別れです。もうそろそろ帰ります」

自分から誘惑なんてできない。おとなしく帰ろう。

持っていたグラスの中身を飲んでから立ち上がると、思ったより酔っているのか脚に力が入らず、ふらついたところへ力強い腕に支えられる。

「ご、ごめんなさい。意識はちゃんとしているのに……」

斎穏寺さんを仰ぎ見た瞬間、驚くことに唇が重ねられた。やんわりと食《は》むようなキスはまるでドラマのヒロインになったような感覚だ。

人生において初めてのキス。

心地よくて、頭の中に霞《かすみ》がかかったようになっていく。

目を閉じ、彼の唇にされるがままになる。

心臓は早鐘を打ち、じわじわと体が熱くなっていく。

「んっ……」

「君を抱きたい。いいか？」

閉じていた瞼《まぶた》をそっと開ける。きっと熱に浮かされたようなうつろな瞳だろう。

美麗な顔が間近にあって、甘く口元を緩ませていた。

彼の目的がセックスだったとしてもかまわない。

誘惑をしなくても、斎穏寺さんは私と寝たいと思ってくれていたのだ。

「……はい」

そう言葉にするのが精いっぱいだった。

舌で唇を弄《もてあそ》ぶようなキスは、しだいにエスカレートしていく。

夢中になっている唇を割ってざらりとした舌が口腔内に入り込むと、さっきまで飲んでいたスパークリングワインの味を微かに感じた。

温かい舌は、上あごや歯列、頬の内側を蹂躙《じゅうりん》していき、私の舌に絡むと、おなかにズクンと得体の知れない疼《うず》きが走った。

もう立っていられない。

そう思ったとき、抱き上げられた。

「俺の首に腕を回して」

彼は女性と寝るとき、こんなに甘い瞳を向けるのだろうか。

愛されてベッドへ行くわけではないのだから、嫉妬すること自体おかしいのに、心の中にはふつふつと嫉妬心が芽生えている。

斎穏寺さんの首に腕を回すと、再び唇が重なる。

ベッドルームに運ばれ、ラグジュアリーなベッドに下ろされる。

彼は緩ませていた桜色のネクタイを外し、近くにあったひとり掛けのソファ椅子に放る。

男の色気がだだ漏れで、ボーッと見つめてしまう。その間も心臓は暴れている。

ワイシャツを脱ぎ、筋肉が綺麗についた引き締まった上半身が目に飛び込んできて、私の心臓はさらにドクンと跳ねる。

「き、鍛えているんですね」

何か話さなければと口にすると、斎穏寺さんは「普段、長時間座っているから、定期的にジムに通っているんだ」と言って口元を緩ませ、私を組み敷いた。

唇を重ね、ホルターネックの後ろのボタンが外され、胸のふくらみがあらわになった。

斎穏寺さんの視線に羞恥心を覚え、慌てて胸を隠そうとする私の腕を持ち上げ、二の腕の内側に口づけが落とされる。

「綺麗なのに隠す必要はないだろう?」

ふくらみが大きな手のひらに包み込まれ、体がビクッと跳ねる。

長い指が硬くなってきた頂《いただき》を弄び、キスで翻弄《ほんろう》させられながら、いつしか私たちは一糸まとわぬ姿になった。

それからは今まで知らなかった世界へいざなわれ、濃密な時間が訪れた。

初めての経験はほんの少しの痛みだけで、快楽の海の中を漂うようばかりだった。

閉じた瞼や頬に何かが触れて目を開けると、片方の肘をシーツにつき頭を支えた斎穏寺さんが見つめていた。

「あ……」

乱れた時間を思い出して、顔に熱が集まってくる。

疲れきって眠ってしまったようだ。

愛されてした行為ではないが、私にとって未知の官能的な経験は信じられないくらいの気持ちよさだった。

愛がなくても、私は斎穏寺さんと快楽の一夜を過ごせて満ち足りた思いだ。

斎穏寺さんの背後にある窓の外はまだ暗い。香港一高い建物なので、先ほどの痴態《ちたい》は外から見られることはなく、ブラインドは下ろされていない。

「今……何時……」

「二時だ。風呂に入らないか」

濃密な時間を過ごしてまどろみから目覚めるまで、それほど経っていなかった。

「お風呂に……？」

キョトンとしている間に、斎穏寺さんは裸体のままベッドから下りて、私に手を差し出す。

正体を失うように眠っていた私も何も身に着けておらず、裸をさらすのが恥ずかしい。

「さ、先に行っててください」

彼の裸体にもドキドキして目を背ける。

「今さら恥ずかしい？　かわいいな」

斎穏寺さんは楽しそうに口元を緩ませると、俯《うつむ》いている私にワイシャツを羽織らせ抱き上げた。

「きゃっ！」

お姫さま抱っこで隣のバスルームへ連れて行かれると、大理石のタイルの床に下ろされて、目を丸くさせる。

窓に面してあるバスタブも大理石で作られていて、形は四角く、大人ふたりが入っても余裕の広さで、金色をあしらった蛇口など豪華なバスルームだった。

「俺のワイシャツを羽織って立っていると、理性がまた崩壊しそうだ。いや、このあとすぐに崩壊するか」

腰に腕が回って引き寄せられ、唇を荒々しく奪われる。

独占欲に満ちたキスは、今だけは私が斎穏寺さんのものみたいに思えてうれしい。

肩からワイシャツを払われ、それはパサッと床に落ちた。

再び抱き上げられて、彼に抱きかかえられたまま、ふたりでバスタブに身を沈める。

背中越しに彼の素肌を感じて、ドキドキしてしまう。

「お、お風呂に入りながら、こんな夜景を眺められるなんて至福ですね」

「気に入ると思ったよ」

肩に斎穏寺さんの唇が触れた。唇はちゅ、ちゅとうなじへと移動していく。

「く、くすぐったいです。斎穏寺さん」

「新《あらた》と、名前で呼んでくれていたはずだろう？　心音」

彼は私を情熱的に抱いているとき「心音」と、まるで本物の恋人のように親密に呼んでいた。

そして私も乞《こ》われるがままに彼の名前を呼んで、何度も深く愛されて……。

「……新さん」

囁《ささや》きに近い声で呼ぶと、彼は私を振り向かせて甘く唇を重ねた。

「滑らかな肌でずっと触れていたくなる」

鎖骨から胸、腹部に手を滑らせていく。

さっきまで経験がなかったのに、新さんに翻弄させられた体はもっと愛されたいと欲望が芽生えていた。


新さんがぐっすり眠るのを待って、そっとベッドから抜けだす。

もう現実に戻らなくてはならない。

新さんに何も言わずに去るのは胸が痛んだが、この関係は二度と訪れない。

夢を見てはいけないのだ。

リビングで昼間着ていたカットソーにジーンズ、ロングカーディガンを羽織ると、バッグだけ持って部屋を出た。
彼を忘れるために、桜色のドレスとパンプスは置いたままにした。

# 五、現れた救世主

香港《ほんこん》から帰国して一カ月が経っていた。

日本に戻った翌日から父の第二秘書の肩書きでサポートし、手が空いているときは秘書の橋口《はしぐち》さんの仕事を手伝っている。

父からまだ星崎《ほしざき》さんの話は何も言われていない。

だけど、母はこの政略結婚が確実に行われるものと信じているようで、「結婚の準備をしなくちゃね」と帰国早々言われて気持ちが沈んだ。

父の体はまだ本調子ではなく、薬と食事で悪化させないよう気をつけなければならない。

今のところ、母が作るお弁当を「味気ないな」と言いながらも喜んで食べている。

昼食後、水と薬を用意してソファに座る父の元へ歩を進める。

「社長、お薬です」

「ああ。ありがとう。心音《ここね》、そこに座りなさい」

私は〝社長〟と呼んでいるが、父は私を名前で呼ぶ。

ひとり掛けのソファに座る父の、斜め向かいのソファに腰を下ろす。

父は薬を飲んでから口を開く。

「心音、謝らなくてはならないことがある」

「え……？」

「実は星崎さんに断りの連絡を入れられていないんだよ」

「……知ってるわ。香港を離れる前日にお母さんから電話をもらったの」

父はギュッと目を強くつむると、ため息をひとつついて、ゆっくりと瞼《まぶた》を開けた。

「そうだったのか……母さんが……すまない」

「星崎さんのことは考えたくなかったら、私からは話さなかったけれど……もう決めないといけない時期よね？」

「私はお前を犠牲にしてまで会社を存続させようなどと思っていない。ただ、わが社の危機が星崎さんからメディアなどを通じて大々的に露呈《ろてい》してしまうのを懸念して留まっているだけなんだ」

問題が山積みだから、父は体を壊してしまったのだ。

四方八方塞《ふさ》がっていて、新しい投資会社が見つからない限りどんどん泥沼に沈んで身動きができなくなるだろう。

とはいえ、嫌悪感と生理的に受け入れられない星崎さんとの結婚を考えると、吐《は》き気がこみ上げてくる。

季節はすでに二月に入り、三月期決算は間近に迫る。すぐにでもどうにかしなければ倒産は決定的になる。

「……星崎さんとはもう一度会って、考えたいと思う」

「心音、また会ってもいいと言うのか？」

「このまま会社が倒産するのを見ていられないもの。お父さんが私の名前からつけた航空会社よ」

「……話をしてみよう」

心苦しいのだろう。父は重々しく言葉にした。

「はぁ……」

帰宅して夕食やお風呂のいつものルーティンを済ませてベッドに横になると、ため息が漏《も》れる。

ひとりになって毎日思い出すのは、新《あらた》さんのことだ。

会いたいけど、会ってはいけない人。

ふと体を起こしてベランダに出る。

いくつかのタワーマンションの明かりがあるだけで、ロマンティックな香港の夜景とは雲泥《うんでい》の差だ。

スイートルームから見た百万ドルの夜景、新さんと過ごした甘く極上の時間は、まだ記憶の中で鮮《あざ》やかに生きている。

空を見上げて新さんへ思いを馳せる。

彼は今どこかの空を飛んでいるかも。

私も自由に飛べたらいいのに……。

翌朝、目が覚めたのと同時に胃が不快感を覚え、吐《は》き気がこみ上げてきた。

トイレに駆け込んで胃の中のものを吐き出すが、昨夜は食欲がなくてほとんど残してしまったので胃液しか出ない。

食べてないから胃がおかしいのね。

胃液を吐き出せたおかげで、少しすっきりし洗面所で口をゆすいでから部屋に戻る。

ちゃんと食べないと。

部屋着を脱いでブラウスのボタンを留めていたが、ハッとなって手が止まる。

最後の生理は……？

そう考えた瞬間、心臓がドクドクと暴れ始め、スマートフォンを開いて生理を管理しているアプリを開く。

前回は……十二月下旬だった。

一月は来ていない。帰国して忙しい毎日でまったく生理のことなんて頭になかった。

でも、今日は二月九日だから、遅れているだけだと……。

吐き気があったからって、妊娠だと考えるのは時期尚早よ。

そう結論付けて、出社の支度を続けた。


出社してパソコンを立ち上げ、社長の今日のスケジュールを確認する。

十時に取引先銀行の支店長との約束が入っている。橋口さんが同行と書いてあるので、私は昨日の会議の書類整理をするように指示されるだろう。

デスクに座って仕事をするより、GS《グランドスタッフ》の仕事が性《しょう》に合っている。乗客捜しで駆けずり回ったりしている方が好きだ。

私が抜けたことで、唯《ゆい》ちゃんたち香港のGSは限られた人数でローテーションをやりくりしなくてはならないし、責任者だった私の代わりの香港人スタッフとは性格が合わず大変だと連絡をもらっていた。

できることなら戻りたい。

だが、父や会社が心配だし、今は別の心配事がある。

生理が遅れていることが気になるが避妊をしていたし、生活の環境変化でサイクルが崩れているだけだろう。

昼前に取引先銀行から戻って来た父の顔が強張《こわば》っている。

内容が思わしくなかったのだろう。

午後、橋口さんが席を外してすぐ、プレジデントデスクで仕事をしていた父に呼ばれる。

「心音、来週の水曜日の夜に星崎さんと食事をしなさい」

「水曜日……わかりました」

私がもう一度会ってみたいと言ったのだから、「NO」の選択はできない。

「すまない」

「支店長とのお話がよくなかったみたいに見えるわ」

「……ああ。そう簡単にはいかないな。心音、星崎さんと会ってから決めるといい。どうしても結婚は難しいようなら私は腹をくくるよ」

「……わかりました」

星崎さんのことを考えたせいか吐き気がしてきて、頭を下げるとオフィスを出てレストルームへ向かった。

なんか胸が張る感じがする。

生理のときにもそうなることがあるから、生理が近いのかもしれない。

しかし日曜日の夜になっても期待のものはやって来なくて、じわじわと心配になってきている。妊娠判定キットを使うのは怖いが、昨日ドラッグストアで購入しており、不安を払拭《ふっしょく》するために試してみようと思っている。

もしも妊娠していたら……。

しかし、現実を見なくてはならない。

そう自分を奮い立たせて部屋を出ると、トイレに入り妊娠判定キットを使用した。

自室に戻り徐々に浮き上がってくる二本線に、心臓がギュッと縮み上がる。

私は妊娠していたの？

説明書をもう一度読む。

二本線は陽性だが、妊娠判定は確実ではないので産婦人科の受診を勧めている。

頭の中が真っ白になり、ベッドに力なく横たわる。

妊娠が事実だったら、星崎さんの選択はなくなり、会社は……。

スマートフォンの音が一回鳴って、メッセージアプリの着信を知らせた。

唯ちゃんからだ。

【心音ちゃん、元気で仕事してる？　伯父様の体調はどう？　今日、斎穏寺《さいおんじ》さんの噂《うわさ》を耳にしたの。同社のCA《キャビンアテンダント》と結婚するみたい。一度デートした人だから気になるかなと思って】

斎穏寺さんが……結婚を……？

心臓がズキッと痛みを覚え、片手で胸を押さえる。

彼に結婚を考える人がいたんだ……だとしたら、妊娠しているとしても話せない。

一度きりの関係だとわかって体を重ねたんだし、新さんの生活を乱せない。

祝日の翌日の火曜日。

父は出社後、橋口さんを同行させて行き先を告げずに出掛けた。

私に心配をかけたくないのはわかるが、なんとか星崎さんと結婚させないように動き回ってくれているのだろう。

そう考えると、胸が痛い。

香港のホテルで赤っ恥をかいたというのに、私と結婚したいだなんて変わっている。

でも、もしも妊娠をしていたら……。

星崎さんとは結婚できないし、中絶なんて考えられない。

そう思案するが、斎穏寺さんには知らせることはできない。

妊娠しているのか悶々《もんもん》と考えるのはやめて、その日の退勤後にレディースクリニックへ行くことを決めた。

検査中は心細く不安だったが、「妊娠七週目です。おめでとうございます」と女医から告げられると、不思議と冷静になり、この先に困難が待っているのにうれしかった。

やっぱり妊娠していたんだ……。

妊娠初期の注意やリーフレットをもらい、次回の検診は一カ月後。その間に役所で母子手帳を交付してもらうように言われた。

自宅へ帰る道すがら、両親が失望しても、このことで会社が倒産したとしても、芽生えた命を大切に育てて産みたいと誓う。

会社に関しては、最後まで微力だけれど尽力する。

玄関を入った所でお茶を運ぶ母とばったり出くわした。

書斎に持っていくのだろう。

「ただいま」

「おかえりなさい。買い物はどうだった?」

退勤後、レディースクリニックへ行くとは言えずに、買い物を理由に一時間半ほどで帰宅した。

「あら、何も買って来なかったの? 明後日のデートのお洋服を買いに行ったのだと思っていたわ」

ショッパーバッグを持っていなかったので、即座に母に聞かれ一瞬返事が遅れる。

「……気に入ったのがなくて。色々見たけど……結局服はたくさんあるしと思って」

「賢明な判断ね。夕食はまだでしょう? 用意してあるわ。食べなさい」

「手を洗ってくる」

コートを脱ぎながら階段を上がって自室に入る。

食欲は湧かないけど、赤ちゃんのためにちゃんと食べないとね。

なんでも話せたのは美鈴《みすず》さんと唯ちゃんで、彼女たちは今遠い所にいる。

今が正念場で踏ん張らなきゃと、不安な心を奮い立たせ、星崎さんとの約束の場所へ向かった。

約束のレストランは銀座《ぎんざ》の老舗料亭だ。

個室だったら話しやすいと考えていたが、仲居さんに通されたそこは五組のお客様が食事をする座敷の部屋だった。

星崎さんはまだ来ておらず、畳の上に設置されている低めの四人掛けのテーブルと椅子《いす》に案内されて座って待つ。

五分ほど経ち、ブラウンのスーツに黒のカバンを背負った星崎さんが現れ、立ち上がり頭を下げて出迎える。

「また会えると思ってたよ。座って」

カバンを腕から抜いて対面に座り、私も腰を下ろす。

「……あんなことが会ったのに、破談にならず驚きました」

「そりゃ、僕のきららちゃんに似たあなたを諦められないからね」

香港のときと変わらない幼さのある顔を緩ませる。

また〝きららちゃん〟……。

うんざりするが、これからある提案をするにあたって、今は機嫌を損なわれると困るので、小さく笑みを浮かべて話を流す。

「さてと飲み物は何にする？　和食だから日本酒にしようか？」

「ウーロン茶でお願いします」

「えー、日本酒は好きじゃないのか？　ならスパークリングワインは？」

妊娠しているので、絶対にアルコールは口にしない。

「いいえ。ウーロン茶が飲みたいです」

すると、星崎さんはこれ見よがしに大きく息をつく。

「つまらないな。まあいいや。君、熱燗《あつかん》とウーロン茶！」

不服そうな顔のあと、近くにいた仲居さんに星崎さんはオーダーする。

飲み物と料理が出される間、気づまりで仕方ない。

「お父さんの体調は？　倒れたと聞いてるけど。それって金策のために過労で倒れちゃった的な？」

「失礼な言い方をしないでください」

気分を害さないように気を使っていたが、星崎さんの失礼な物言いに苛立《いらだ》ちが募る。

「きららちゃんに叱《しか》られるのはいいなぁ」

え……？

星崎さんの言葉にあぜんとなったところへ、飲み物と美しい小鉢に盛られたつき出しが置かれる。

喉が渇いてウーロン茶のグラスへ手を伸ばそうとしたが、星崎さんがニヤニヤしてこちらを見ているのに気づいて手を止める。

「お酌《しゃく》ぐらいするのが礼儀ってもんじゃないの？」

あなたが礼儀を語らないでと言いたいくらいだが、黙ってとっくりを持って、差し出されたおちょこに注ぐ。

「乾杯。僕たちの結婚に」

話をするのはもう少しして場が和《なご》んでから……と考えていたが、星崎さんは結婚を期待している様子なので意を決して口を開く。

「あの、星崎さん」

「なに？」

「私は今妊娠をしています。産むつもりです」

「ええっ？ 相手は誰だよ。僕との結婚はどうするんだよ。もちろん堕《お》ろすよな？」

口に運ぼうとした箸を止めて、キッと睨《にら》みつけられる。

ひどい物言いに、開いた口が塞《ふさ》がらない。

「私との結婚を条件ではなく、わが社に投資をしていただけないでしょうか？」

星崎さんの目を真摯《しんし》に見つめてから頭を下げる。

「は？　他の男の子供を妊娠しておいて虫が良すぎないか？」

「重々承知しております」

「何カ月だよ」

「……七週です」

すると、星崎さんは乾いた笑いをする。

「妊娠したら結婚しないで済むと思った？」

「そういうわけでは……。お願いします。わが社に投資してください」

「まったく清水《しみず》社長もひどいな。妊娠した娘を押し付けるとはね」

「父は妊娠の件を知りません。こうしてお願いしているのも私の独断です」

星崎さんはおちょこを煽《あお》るようにして喉に流し込み、手酌でおちょこに注ぐと、もう一度いっきに飲み干す。

それほどお酒に強くなかったはずだ。だんだんと顔が赤らんでくる。

新鮮な鯛などの三点盛りの薄造りが運ばれてきて仲居さんが説明をするも、彼は聞かずに再びお酒を飲む。

仲居さんが去ると、星崎さんは私を睨むように見やる。

「そこで土下座すれば、考えてやってもいい」

彼はテーブル横の畳の上を指差す。

ここで……土下座……？

「会社の危機なんだろ。土下座くらいなんてことないはずだよな？」

苛立ちをぶつけるように、ぶっきらぼうに言い放つ。

土下座をすれば投資を考えてくれる。本当に約束してくれるのだろうか。

ううん。そんなこと考えていられない。会社の存続がかかっているのだから。

部屋に五組のお客様が食事をしているが、見られたとしても一時《いっとき》の恥で済む。

大きく息を吸って吐き出してから椅子から立ち上がる。

星崎さんは楽しそうに口角を上げて、見下した目つきを向けている。

一歩隣に移動して膝を畳につけようとしたとき、誰かに腕を掴《つか》まれて立たせられた。

驚いて手の主を見た瞬間、あぜんとなった。

私の腕を掴んだのは斎穏寺さんだった。

「心音、土下座などする必要はない」

「どうして……ここに……？」

まるで夢を見ているようだ。けれど、現実で……。

困惑したまま斎穏寺さんを見つめると、彼は腕から手を離し私の頬にそっと触れて
から星崎さんへ顔を動かした。

「ずいぶんひどい命令をしますね。約束は本当に果たされるのか甚《はなは》だ疑問だ」

「お、お前はあのときの!? いったいお前はなんなんだ、僕の邪魔ばかりして！」

星崎さんは慄《おのの》いた表情になっているが、肩を前へ出し虚勢を張っている。

「彼女の知り合いです。大の男が女性に土下座をさせるなど最低な行為だ」

「わかったぞ！ お前が子供の父親だなっ！」

冷静沈着な斎穏寺さんとは反対に、彼は部屋中に響かせるような大声を出した。

「子供の父親？」

斎穏寺さんは眉根を寄せるのを見て、慌てて口を開く。

「違います！ 彼じゃないです」

「くそっ！ ここで示し合わせていたのか！ 最低最悪な女だな！ 気を持たせやがって！」

弾丸のようにまくし立てた星崎さんは、乱暴に立ち上がり、隣に置いたカバンを鷲掴《わしづか》みする。

「お前のところとうちは今後一切関わらないからな！　倒産しやがれ！」

捨て台詞を吐いて、星崎さんはその場から怒りもあらわに立ち去った。

周りのテーブルの視線が痛く、ここから一刻も早く消えたい思いに駆られる。

「斎穏寺さん、邪魔しないでください。会社の存続が絶望的になってしまったじゃないですか。私が土下座をすれば済んだかもしれないのに」

彼に救われたのはたしかだけれど、これで窮地《きゅうち》に立たされてしまった。

「土下座をすれば済んだだって？　いや、俺にはそう思えない。君に話がある」

「わ、私にはありません」

バッグを手にしてテーブルを離れようとしたそのとき、女将《おかみ》が近づいてきた。

「お取り込み中のところ失礼いたします。お連れの男性の方はお会計なされずに帰ってしまわれまして……お食事を続けますか？」

「あ……申し訳ありません。お騒がせしてすみませんでした。食事は結構です。お支払いいたします」

頭を下げてバッグからお財布を取り出している間に、斎穏寺さんがカードを女将に渡す。

「困ります。私が払いますから」

「いいから。会計をお願いします」

女将が斎穏寺さんに会釈してその場を離れた。

当惑しながらも、有無を言わさない斎穏寺さんに連れられてタクシーの後部座席に乗り込んだ。

隣に彼は座り、運転手に東京《とうきょう》駅近くの五つ星ホテルへ行くように告げる。

そのホテルはたしか、去年JOAグループが買収したホテルだ。

「話すことはありません。帰らせてください」

「俺がなぜあの場に現れたのか、それを考えれば帰ることなどできないだろう？」

そうだった。どうしてなのか、考えてもわからない。

「すぐに着くから、俺に言いたいことを考えていればいい」

斎穏寺さんに……言えるわけがない。

毎日斎穏寺さんのことを考えていた。こうして会ってみると、うれしさは否《いな》めない。

けれど、結婚が決まっている彼に赤ちゃんの話はできない。

あの場に彼が現れたのはたまたま私を見かけて追いかけてきた……とか……？

私に会いに来る理由を考えてもわからない。

タクシーは賑《にぎ》やかな銀座の大通りを走り、十分もしないうちにホテルのエントランスに止まった。

斎穏寺さんはフロントを通さず、エレベーターホールへ私を促し、エレベーターに乗り込ませる。

彼は肝心な話はしないままだ。

案内された部屋はスイートルームだった。

斎穏寺さんにはラグジュアリーな部屋が当然なのかもしれない。ＪＯＡグループの総帥を父に持つ御曹司なのだから。

パイロットのお給料もいいかもしれないけれど、彼は銀のスプーンをくわえて生まれてきた人だ。

「ソファに座って。飲み物を用意する。食事は話のあとにしよう。何を飲む？」

「炭酸水はありますか？」

星崎さんのことやタクシーに乗ったせいか胃が不快になっており、炭酸水を飲めばすっきりするかもしれない。

「あるはずだ」

「食事はいらないです。話が済んだらすぐに帰ります」

「とにかく座っているんだ」

そう言って斎穏寺さんはバーカウンターへ行き、気泡がたったグラスをふたつ持ってきてひとつを私に渡す。

「どうした？　気分でも悪い？　顔色がよくない」

「……ありがとうございます」

グラスを受け取るも、吐き気がこみ上げてきて必死に堪える。

「あ、あの、お手洗いに」

「こっちだ」

吐き気を我慢して、レストルームに駆け込み、胃からせり上がってきたものを出す。

「ううっ……はぁ……」

こんなタイミングで吐いちゃうなんて……。

『お前が子供の父親だなっ！』

星崎さんの言葉を忘れているか、もしくは戯言《ざれごと》だと思ってもらえますように。

胃の中のものを吐けたおかげで少し気分が良くなったが、貧血みたいな症状がある。

会社の危機を救う手立てがなくなったせいで気力が失われそうだ。

自宅に帰って父に報告して今後を考えなければ。

なぜあの場所に斎穏寺さんが現れたのかを聞いたら、すぐに家に帰ろう。

豪華な洗面所で手を洗って口の中をすすいで、彼の元へ戻る。

斎穏寺さんは電話中で受話器を置いたところだ。

「……すみません。なぜあそこに来たのか教えてください」

「まずは飲み物を飲んで。少し顔色が戻ったみたいだが大丈夫か？」

私を三人掛けのソファに座らせた彼は斜め横のひとり掛けのソファに腰を下ろし、長い脚を組む。

「いただきます」

炭酸水をひと口飲んでグラスをセンターテーブルに戻して、斎穏寺さんを見やる。

すると、彼は口元を緩ませた。

どうしてそんな顔をするの……？

「今まで大変だったな」

「え……？　どういう意味で……」

「実は以前からハートスカイジャパン航空の業績悪化、香港の投資会社の撤退による倒産の危機は知っていた」

「そうだったんですね。でも、聞きたいのはそんなことじゃないです」

斎穏寺さんは、ふっと思い出し笑いをしているみたいに笑っている。

「君が黙って俺の前から姿を消したことはショックだった。一晩中愛し合った女性が目覚めてみると、俺にひと言も言わずに消えていた」

「ですから、話を逸《そ》らさないでください。あれは一夜限りのことだったんです」

結婚する相手がいるのに、どうして私を愛しているみたいな言い方をするの？

「一夜限り？　俺はそんな気はさらさらなかった」

一夜限りじゃなかった……？

でも過去形だ。それに彼は結婚が決まっている。

「御社のＣＡと結婚するって聞きました。一夜限りじゃないとしたら、私を不倫相手にしようとしていたんですか？」

「どこからそんなデマを聞いた？」

「え……？　デマ……？」

「順を追って話すよ」

斎穏寺さんはグラスの中身を半分飲んでから口を開く。

「俺が心音にひとめ惚《ぼ》れしたのは去年の今頃だ」

「私にひとめ惚れを？　あ、ありえないです」

首を左右に振りながらきっぱり否定すると、彼は端正な顔に苦笑いを浮かべる。

「なんの自信だよ。俺が言っているんだから間違いないだろう？　香港フライトは月一くらいしかなく、毎回心音に会えるのを楽しみにしていた。到着すると、君の姿を捜していたよ」

まさか、本当に私のことを……？

彼のようなどんな女性でも選べる人が、本当に私にひとめ惚れしてくれただなんて。

信じられない気持ちで彼を見つめると、「そのとおりだ」と言うように、しっかりとうなずかれる。

「どうして声をかけてくれなかったんですか？」

「君は香港で仕事をしているし、俺は世界中を飛び回っている。交際中の男性がいるかもしれない。俺が声をかけたところで月に一度程度しか時間を割けない。色々考えていたら月日が経っていた。乗客を案内する心音を見るのは楽しかったし、あるときは出発ロビーで走り回っていたな。笑顔や声、仕草に惹《ひ》かれる一方だった」

「斎穏寺さん……」

「さっきから名字で呼ぶだなんて、他人行儀じゃないか？　新と呼んでくれていただろう？」

甘い瞳を向けられて鼓動が暴れ出す。

「……新さん」

「俺は心音が好きだ。一夜を共にしてその気持ちは一層強くなった。これからの一生をかけて、君を守ってやりたい。愛しているんだ。だが、心音は？　俺をどう思っているんだ？」

「新さんの気持ちはうれしい。でも、私は……」

あの日、大澳《タイオー》で一緒に過ごすうちに彼に惹かれ、すぐに好きになった。ただ、完全に心を許すところまでは、いきたくてもいけなかった。

星崎さんの件があったからだ。今でも思い出しては胸が痛くなる毎日だった。

新さんの気持ちは天にも昇るくらいにうれしいけれど、子供のこともあるし、父と会社のことも考えなくてはならない。

私だけ幸せになんてなれない。

「私は？　その先は？」

もどかしそうな声の彼は、膝に置いた私の手を大きな手で包み込む。

「心音、結婚してほしい」

「……っ！」

びっくりして目を大きく見開いたまま新さんを見つめる。

「何か言ってくれ」

「……プロポーズには早すぎるのではないでしょうか？」

「たしかに早すぎるのはわかっている。だが、身ごもっているだろう？　俺の子を産んでほしい」

「どうして新さんの子供だって確信できるんですか？　星崎さんと結婚するのが嫌で、自暴自棄になって色々な男性と寝たかもしれないのに」

本当のところ、プロポーズに感激している。新さんとこれから生まれてくる子供三人での生活が脳裏に浮かぶ。幸せな日常を過ごしたい。

けれど……。

「心音はそんなことできる人じゃないとわかっている。俺の子供だ。あのとき君はバージンだったじゃないか。心音は優しく、何事にも真剣で、子供のように無邪気《むじゃき》に笑う。気がかりなことがあるとすぐに意気消沈し、とてもわかりやすい性格だ。そんな君を愛している」

そんな風に言われると、会社のことは二の次にして新さんと幸せになりたいと思ってしまう。

「……赤ちゃんがいると病院で診断を受けたのは一昨日なんです。すごく怖かった」

「当然だ。家のこともあって悩んだだろう」

優しい言葉にピンと張りつめていた糸が緩んでいき、目頭が熱くなっていく。

「私も新さんに惹かれているし、好きじゃなかったら、体を許したりはしません。でも、家のことが落ち着かない限り結婚なんてできないんです」

「安心しろよ。ハートスカイジャパン航空はJOAグループの傘下になる。倒産はしない」

「ど、どういうことなんですか？　JOAグループ？　同僚から新さんは総帥のご子息だと前に教えてもらいましたが……」

「それなら話が早い。今日の夕方、清水社長に会って話し合った。俺たちのことも」

「ええっ!?　私たちのことって？」

脳裏に香港の一夜を思い出してしまい、それを父に話したのかと考えて頬に熱が集まってくる。

「俺たちのことは簡単に伝えただけだ。娘さんを愛しているので結婚させてほしいとお願いした。ハートスカイジャパン航空はＪＯＡグループの傘下に入る。経営陣は清水社長を筆頭に変更をせず、グループから数人が出向して経営を立て直すことになる」

「……会社は倒産しないってことですか？」

夢みたいで、当惑しながら尋ねる私に新さんは笑顔でうなずいてくれる。

「ああ。存続会社として、来週にも契約を締結する」

「わが社のために新さんが掛け合ってくださったんですか？」

「俺を動かしたのは心音だ。ハートスカイジャパン航空がどのようなＬＣＣなのかを確認するためにハノイ便に乗ったり、父の秘書に経営状況や動向を調査してもらうよう頼んだり、とにかくあの卑劣《ひれつ》な男に心音を奪われないように動いたんだ」

「色々……すみません。ありがとうございます……！」

ようやく新さんの言葉を把握できて、涙が溢れ出てくる。

頬を伝わる涙をハンカチで拭《ふ》いてくれた新さんは、席を移して私を抱きしめた。

「どうやって感謝すればいいのか……」

「俺の妻になってくれるんだろう？」

「本当に……私で……いいんですか？」

「ああ。俺たちはまだお互いのことをほとんど知らない。だが、そんなことは問題じゃない。磁石のように惹かれ合う気持ちは本物だ。結婚してから知っていけばいい。そうだろう？」

そう言って唇が重ねられる。

もう二度と新さんと会えないと思っていたので、こうしてキスされていること自体信じられない。

「なんだか夢みたいで……」

「知ってるか？　諸説あるが、ピンクイルカを一緒に見た男女は結ばれると言われているらしい」

「それは知りませんでした。本当に？」

「ああ。あのときのピンクイルカや心音の喜ぶ姿はまだ目に焼きついている。俺たちは幸せになれる。いや、俺が絶対に幸せにする」

私を有頂天にさせる言葉を言ってくれたところで、チャイムが鳴った。

「夕食が届いたんだと思う」

新さんは立ち上がってドアへ向かい、ワゴンを押すホテルスタッフと共に戻ってくる。

丸テーブルの上においしそうなお料理が並べられていく。

メニューは洋食で、コーンスープやトマトとモッツァレラチーズのカプレーゼ、香辛料を利かせたサーモンのグリル、柔らかそうなフィレステーキもある。

「適当に選んだんだ。食べられそうなのはある？　部屋に入って来たとき具合が悪そうだっただろう？」

「もう大丈夫です。おいしそうです」

「それなら良かった。座って食べよう」

紳士的な所作で椅子を引かれ、腰を下ろした。

星崎さんのことは思い出したくもないけれど、もう二度と会わなくて済むと思うとホッとする。

新さんが料理をお皿に取り分けてくれ、食べ始める。

「父は驚いていたのではないですか？」

「ああ。腰を抜かしそうだと言っていたよ。君には無理をさせてしまい本当に申し訳なかったとも言っていた。俺たちのことは祝福してくれている」

父はそうだろう。新さんのおかげで倒産がまぬがれるのだから。

でも、新さんのご両親は……？

「新さんのご両親には私のことを？」

「もちろん。話をしてあるよ。喜んでくれている」

「そう聞いてホッとしました。私が斎穏寺家の嫁にふさわしいとは思えませんが、精いっぱいご両親に気に入られるよう務めさせていただきます」

「無理をする必要はない。心音は俺が好きになった人だ。ふさわしい、ふさわしくないなんて関係ない。ほら、食べて」

会話をしながら、ステーキをナイフとフォークを使ってひと口に切った新さんは私の口に差し出す。

食べさせてもらう甘いシーンに一瞬躊躇《ちゅうちょ》したが、うれしさが勝る。

にっこり笑ってフォークに刺さったステーキ肉をパクッと食べる。

さすが五つ星ホテルのレストランだ。口の中へ入れて数回咀嚼《そしゃく》をしていると、蕩けるようになくなってしまう。

「とてもおいしいお肉ですね」

「ああ。もっと食べるといい。おなかの子供のために。次は……サーモンはどうだ？」

サーモンのグリルも一口サイズにして食べさせてくれる。

結婚を誓った彼は甘く、優しく素敵《すてき》な夫となり、素晴らしい父親になりそうだ。

「それで、出産予定日はいつ？」

「九月二十八日の予定です。今、七週目に入ったばかりで」

「楽しみだな。体に気をつけて過ごしてほしい」

「はい。気をつけます。こんな展開になるなんて夢にも思っていなかったので、眠るのが怖いです。起きたら夢だったってことになりそうで……」

心の内をさらけ出すと、新さんはナイフとフォークを置いて麗《うるわ》しい笑みを浮かべる。

「夢じゃない。現実だ。そこで提案があるんだが」

「提案……ですか？」

「ああ。俺の所に引っ越して来ないか？ 結婚するにも順序があるが、挙式を待っていたら同居はずいぶん先になるし、先に入籍だけでも済ませ、俺の家に住んでほしい。羽田《はねだ》に近い湾岸エリアのマンションに住んでいるんだ」

「私も一緒に暮らしたいです。新さんは忙しいので、あなたが日本にいるときはサポートできたらと思います」

「俺のサポートよりも自分の体を大切にしてほしい」

そう言って、炭酸水の入っていたグラスに同じものを注いでくれる。

「食事が終わったら、家まで送っていく」

「自宅は千葉《ちば》ですから遠いです。タクシーで帰れます」

「君は俺の婚約者だ。もう二度と俺の前から消えないように、ちゃんと送り届ける」

「あのときは……消えたかったわけじゃ……。すごく幸せな時間でした」

「心音の家族を思う気持ちを、今度は俺に向けて」

甘い言葉と真摯《しんし》な瞳で見つめられ、胸がトクンと高鳴った。

食事が終わり、ホテルに置いてあった新さんの車に乗って美浜《みはま》区の自宅へ向かっている。パールブラックの高級外車はほんのり革の匂《にお》いがし、すっぽり収まるようなシートは座り心地がいい。

夜の高速は空いていた。時刻はもうすぐ二十三時だ。

私も運転するからわかるが、新さんの運転はとても丁寧で安心できる。車と飛行機では別物だけれど、さすがその若さで機長になっているだけのことはある。

「明日は夜のフライトで、戻りは日曜日の朝になる。都合がよければ夕方から会わないか？　家を案内したい」

「日曜日は大丈夫です。どこへ行かれるのですか？」

新さんの行き先が気になる。ううん。なんでも知りたいのだ。

「ロンドンだ。行ったことはある？」

「小学校の頃に行きましたが、記憶はあまり残っていないんです。でも街並みに惹かれます。香港はイギリス領だったので、その名残がたくさんあって、きっとそれも好きなんだと思います」

「たしかに香港は近代化と中華圏のノスタルジックなところ、古き良きイギリスの建築物が融合している。俺も好きな国だ」

「新さん、ハートスカイジャパン航空を残せるよう尽力してくださり、本当にありがとうございます。すべて理想どおりにいい形で収まって……感謝してもしきれません」

運転している彼の方へ体を向けて頭を下げる。

「俺は上層部に口添えしただけだ。感謝はいらないよ」

「口添えだけでは動かないと思います。そのきっかけでわが社は救われるんですから本当にありがたいです」

「それよりもハートスカイジャパンの〝ハート〟は心音の名前からとったのか？　創業から考えると心音の方が早く生まれている」

「名前はそのとおりです。父が心音からつけた会社名です」

「いい名前だ。もう心配事がなくなったんだ。これからは自分と赤ちゃんのことだけを考えて」

「はい。すっかり心配事が取り払われたので最高の気分です」

そこで車は高速道路を降りて一般道を走り、十分後には自宅の前へ到着した。

「ありがとうございます。ぜひ父に会っていってください」

助手席から自宅の父の書斎に明かりがついているのが見える。

「いや、今日はもう遅い。こんな時間に会うのは失礼だ。明日、父の秘書から連絡がいくと伝えてくれ。ご両親には折を見て挨拶《あいさつ》に伺う」

「わかりました。気をつけて帰ってくださいね」

ドアの取っ手に指をかけたとき、新さんに「心音」と呼ばれる。

振り返ると顎を長い指ですくわれ、彼の方へ引き寄せられる。

鼓動がドクンと高鳴って、見つめる漆黒の瞳を注視できない。

恥ずかしく思う私の気持ちがわかるのか、新さんの口元が楽しそうに上がる。

「おやすみ。ゆっくり休んで。寒いから風邪を引かないように」

そう言って唇がそっと重ねられて、すぐに離れた。

「お、おやすみなさい。新さんもゆっくりしてくださいね」

「ああ。じゃあ、戻ったら連絡する。日曜日は夕方から空けとくんだよ」

新さんは車から降りて助手席側へ回り、外からドアを開けてくれた。

これは現実なのか、夢なのか。幸せすぎて悪いことが起こるのではないかと考えすぎてしまう。

玄関を入ってパンプスを脱いでいると、書斎のドアが開いて父が姿を見せる。最近の暗い表情がなくなっている様子で安堵する。

「斎穏寺さんは？」

「今日は遅い時間だから、折を見て挨拶に伺うと。まずは明日、総帥の秘書から連絡が行くと言ってました」

「わかった。心音、疲れていると思うが、書斎で少し話をしたい。いいかね？」

「手洗いしてから行きます」

父にとっても斎穏寺さんの件は、キツネにつままれたような感覚なのだろう。

コートを脱いで洗面所へ行ってから書斎へ入る。

四畳半の書斎はプレジデントデスクと本棚、父が昔パイロットだった頃にパリでひとめ惚《ぼ》れしたひとり掛けのアンティークソファがある。

ストーブがつけられていて部屋の中は暖かい。

「座りなさい」

アンティークソファに腰を下ろし、父が話し出すのを待つ。

「ジャパンオーシャンエアーの斎穏寺さんと知り合いだったとは驚いたよ。しかも業界で注目を浴びている彼が、まさかお前を好きだったとは。星崎さんと会う話をしたら血相を変えて場所を聞いて出て行ったんだ」

私は知らなかったが、前日に新さんから橋口さんに会社のことでと連絡が入り、今日の夕方に会ったそうだ。

「料亭に斎穏寺さんが現れてびっくりしたわ」

「星崎さんとはどうだったんだね？　無理やり会わせたようなものだったから、気になっていた」

「実は……、斎穏寺さんの赤ちゃんがおなかにいるの──」

「赤ちゃんが!?」

私の告白に父は心底驚いた顔で、二の句が継げないようだ。

「驚かせてしまってごめんなさい。私もわかったのは月曜日で、星崎さんに会ったのは結婚を条件にせず投資をお願いしたかったからなの」

「そうだったのか。そのことを星崎さんに話したのか？」

土下座をしろと言われたことは黙っておきたい。娘がそこまで言われたと知ったら、父は悲しむだろう。

「はい。話してかなり憤怒《ふんど》していたところへ斎穏寺さんが現れて、結婚相手は自分だと星崎さんに話して料亭を出たの」

「心音は大人だ。妊娠したからといって、とやかく言うつもりはない。わが社はお前と斎穏寺さんに救われたのだから」

「私も彼を……愛しています」

父に気持ちを打ち明けるのは恥ずかしいが、大事な言葉だと思った。

すると、父の目が潤《うる》んでいるように見えた。

「……ああ。私も胸がいっぱいだ。こんなめでたいことはない。斎穏寺さんのような男なら、お前を安心して任せられる。心音が好きな人と結婚できるのが心からうれしい。星崎さんの件は無理を言ってしまったからな。それはそうと、おなかの赤ちゃんの出産予定日はいつなんだ？」

七週目で予定日が九月二十八日だと話す。

「楽しみだ。母さんへは会社のこともまだ何も言っていないから、明朝に話そう。もう風呂に入って寝なさい」

「はい。おやすみなさい」

「おやすみ」

アンティークソファから立ち上がり書斎を出て、そのまま二階の自室へ向かった。

お風呂に入って部屋で髪をドライヤーで乾かし、ベッドに入ったのは一時近くになっていた。

横になって今日のことを振り返ってみて、まだ心がふわふわしている感じがする。

新さんが私を好きだったなんて本当にびっくりだし、うちの会社のために尽力してくれたことに、ありがたい思いでいっぱいだ。

赤ちゃん、ママは最高に幸せ。こんな幸せが訪れたのは、あなたのおかげかも。

今とても心が安らかだ。

もう新さんへの気持ちを抑えつけなくてもいい。

少し前に別れたというのに、もう会いたいし、それが叶《かな》わなければ声だけでも聴きたくなる。

約束の日曜日までが長く感じるだろう。

# 六、彼のパイロット愛

翌朝、食卓に両親と私の三人が座り、朝食を食べ始める。大学生の悠人《はると》は起きてこない。

「心音《ここね》、昨晩は遅かったのね。星崎《ほしざき》さんとのことはどうなったの？」

母に尋ねられて、ヨーグルトを食べていた父へ視線を向けてから口を開く。

「お母さん、落ち着いて聞いてほしいの」

「あら、何か不穏な感じね。いいわ。話してちょうだい」

「会社の件は星崎マネーコンサルティングに頼らなくても問題は解決しそうなの」

「それはどういうこと？　あなた……」

母が怪訝《けげん》そうな表情で私から父へ向ける。

「わが社はＪＯＡグループの連結子会社として存続できることになるんだ」

「え？　ＪＯＡグループといったら、ジャパンオーシャンエアーの？」

「ああ。実は香港《ほんこん》で心音はパイロットでもある総帥の息子さんに見初められていたんだ。わが社の危機を知り、ＪＯＡグループの上層部に掛け合ってくれ、存続することになった」

「まあ……心音が……ＪＯＡグループの……」

母は開いた口が塞《ふさ》がらないまま、ポカンとしている。

新《あらた》さんを愛していることや、すでに妊娠していること、これからのことを話すと、母は納得して喜んでくれた。

「心音、星崎さんのことは本当に申し訳なかったわ」

「母さんは私の体を心配して無理強いをしてしまったが、そうさせる自分に憤《いきどお》っていたし、つらくて泣いていたんだ」

「お母さん……。うん。お父さんと会社のためなのはわかっていたから」

「本当にごめんなさいね。心音が好きな人と結婚できるのは心からうれしいわ。生まれてくる赤ちゃんもいて、二倍うれしいの」

母の目が潤《うる》んできて、エプロンの裾で涙を拭《ぬぐ》った。

新さんとは連絡先を交換していたので、出社前【今朝の悪阻《つわり》はどう？】とメッセージが入った。

【今日は目が覚めても幸せな気持ちが続いていて、悪阻もどこか行ってしまったみたいです】

このまま悪阻が軽いといいが、幸せうんぬんでなくなるものでもないのは、重々承知している。

【良かった。では、日曜日に】

愛する人との他愛ない会話が新鮮で心がときめく。

彼がロンドンへ飛んだ翌日、JOAグループの総帥が来社することになった。

新さんのお父様だ。

十五時の約束に、橋口《はしぐち》さんと私は書類を揃え、ランチに出た帰りにお茶菓子と茶葉を買って来訪の準備をする。

新さんが不在のときに初めてお父様に会うので、約束の一時間前からドキドキと心臓が暴れていた。

十五階ビルの五階から十階がハートスカイジャパン航空の本社で、十階が重役フロアになっている。

一階ロビーにあるビルの受付から、ＪＯＡグループの斎穏寺《さいおんじ》総帥と男性秘書の来訪の連絡が入り、社長と橋口さん、私の三人はエレベーター前へ向かう。

息を整える間もなくエレベーターが開き、高身長の恰幅の良い男性が姿を見せる。

年齢は六十代だろうか。ビシッと高級スーツを着たロマンスグレーで、新さんが年を取らせたら似ているかもしれないと思った。

続いて五十代くらいの男性が続く。この人は斎穏寺総帥の秘書だろう。

「斎穏寺総帥、ハートスカイジャパン航空社長の清水《しみず》と申します。この度はご足労いただき、ありがとうございます」

父が緊張した面持ちで挨拶《あいさつ》をすると、斎穏寺総帥はにこやかに手を差し出した。

「斎穏寺です。こちらこそ、よろしくお願いします」

そう言って、父と握手をして斎穏寺総帥は私の方を向く。

「初めてお目にかかります。清水心音と申します。この度はありがとうございます」

「心音さん、これからは私の義理の娘になるのだから、そんなに硬くならずにお願いしますよ。息子が見初めただけある。とても美しい娘さんだ」

その言葉でホッと胸を撫《な》で下ろす。

おせじでも美しいと言ってもらえてうれしい。

「ふつか者ではございますが、どうぞよろしくお願いいたします」

「家内も会えるのを楽しみにしていますよ。近いうち食事をしましょう」

「ありがとうございます」

朗《ほが》らかに笑う斎穏寺総帥を社長室に案内し、お茶を入れるために給湯室へ向かった。

斎穏寺総帥との話は滞りなく進み、すべてうまくいったと、父は愁眉《しゅうび》を開いていた。

来週木曜日に契約を取り交わし、マスメディアに公表する段取りで、社員たちに通知する文章を橋口さんと相談し、私が作成した。

社員へは月曜日に報告する。

日曜日の朝、目を覚ました途端悪阻に襲われ、トイレへ駆け込んだ。

やっぱり心が平穏でも、悪阻は関係なかったわね。でも、悪阻はおなかの赤ちゃんが元気で成長してくれているのだと思えば、大変ではない。

洗面所で口をすすいで歯を磨き、いったん部屋に戻ると、新さんから帰国したとメッセージが入った。

【十五時に迎えに行く。ご両親は在宅か？　挨拶をしたいが不在であればまた後日に】

スマートフォンを手に階下へ下り、テーブルに朝食を並べている母に予定を尋ねようとしたとき、新聞紙を持った父が現れた。

「おはよう」

心の憂いが取れた父は朝から元気に見える。

「おはよう。新さんが十五時に迎えに来てくれて、そのときに挨拶したいと言っているの。その時間は大丈夫？　用があれば後日にと言っているわ」

「いやいや、どこにも出掛けないよ。そうか、斎穏寺さんが」

父はうれしそうに顔を緩ませる。

「まあ、会えるのね。迎えに来るくらいだから車よね？　飲み物やお茶菓子は何がいいかしら？」

母も新さんに会えるのを楽しみにしてくれている様子。

「車だからコーヒーでいいんじゃないかな。お茶菓子は焼き菓子くらいで」

「あとでお買い物に行ってくるわね」

「私が行ってくるわ」

新さんが来るまで落ち着かないだろうから、外出して彼を思いながら買い物をした方がいい。

買ってきた数種類の焼き菓子を銘々皿に盛り、コーヒーを落とし始める。あと五分ほどで十五時になる。

新さんを待つ間、気持ちが高揚し、好きな人を思うというのはこんな気持ちになるのだと初めて知った。

そこへインターホンが鳴る。モニターで新さんの姿を確認して「すぐ行きます」と伝え、急いで玄関へ向かう。

玄関を開けると、紺のスーツ姿の新さんが花束とショッパーバッグを手に立っていた。

「新さん……」

花束を持つ彼があまりにも素敵《すてき》で、ため息交じりに名前しか出てこない。

「心音、会いたかったよ」

「私もです。どうぞ、お上がりください」

新さんはピンクのバラをあしらった花束とショッパーバッグを私に渡してから、革靴を脱ぎ用意してあったスリッパに足を入れた。

そこへ両親がリビングから姿を見せて、新さんと挨拶を交わす。

母は新さんの容姿にすっかり目を奪われた様子だ。

リビングに移動し、父は改めて新さんに頭を下げて謝意を表した。

「斎穏寺さん、本当にありがとうございました」

「私のことは、ぜひ名前で呼んでください。新と」

「では、新君と呼ばせてもらいます。心音をよろしくお願いします」

新さんは、これから私と同居して結婚式の準備を始める計画を両親に話した。

「もちろん結婚するのだから同居してもかまわないよ。心音、そうなると通勤が遠くなるし妊娠もしている。一度、休職するのはどうかな？」

「休職……？」

たしかに秘書は橋口さんがいるし、私は父のサポートと簡単な仕事しかしていない。GS《グランドスタッフ》に戻るにも、ハートスカイジャパン航空は羽田《はねだ》空港に乗り入れていないので、職場は成田《なりた》国際空港しかない。

「ああ。おなかの子供を大事にしなさい。新君はどう思う？」

「そうですね……今まで働いていたので、急に仕事がなくなると戸惑うと思います。とはいえ通勤も妊婦には大変でしょう。うちのGSとして羽田で働くことも可能ですが、この仕事は立ちっぱなしなので私は勧めたくない。心音さん、どうしたい？」

「私は……今は休職して考えたいと思います」

ジャパンオーシャンエアーのGSになったとしても、ハードな仕事なので無理はできないだろう。

「心音、お料理はちゃんとできるの？　料理教室へ通うのもいいんじゃないかしら？」

母の言葉に父は「それはいいね」と同意する。

香港《ほんこん》では外に出ればおいしい料理がたくさんあったので、家では簡単なものしか作らなかった。

レシピサイトを見れば作れなくはないが、基本を学ぶ必要があるかもしれない。

「それも考えるわ」

「新さん、コーヒーが冷めてしまうわ。焼き菓子もどうぞ」

「いただきます」

母に勧められて彼はコーヒーをひと口飲む。飲む姿も所作が綺麗《きれい》で育ちが良いのが一目でわかる。

父は上機嫌で、新さんとの会話が楽しそうだった。

家をあとにして新さんの運転する車は東京《とうきょう》に入り、湾岸エリアに向かっている。

あと三十分もすれば暗くなるだろう。

「ロンドンはいかがでしたか？」

「天気が悪くて寒かったな。布団に入って心音がいてくれたら暖かいのにと思っていたよ」

ふたりになって甘さを出してくる新さんに、笑みを浮かべる。

「私を抱き枕にしようって魂胆《こんたん》ですね？」

「寒い日はお互いを抱いて眠れば暖かい」

ハンドルを操作しながら、片方の手で私の手を軽く握る。

その手はすぐ離されたが、愛されている実感が湧いて地に足がつかない感覚だ。

車は羽田空港に近い湾岸エリアを走り、豪華なタワーマンションの地下駐車場に続くスロープを緩やかに下っていく。

「高いですね。何階建てなんですか？」

「三十五階だ。家は三十階。香港のホテルに比べたら全然低いな」

あの国で、至福のときを過ごしたホテルはここの倍以上の高さだ。

「香港の寮は高層マンションでしたが、うちはずっと一軒家だったので憧れます」

「今の部屋は2ＬＤＫで狭いから、子供が生まれたら手狭になるだろう。もう少し広い家を探そうと思っているが、まあ、おいおい相談していこう」

「はい」

そこで駐車スペースに到着し、慣れたハンドルさばきで車をバックで停車させた。

新さんの部屋は赤ちゃんが生まれたら手狭になると言っていたが、リビングダイニングルームは三十畳くらいあって、居心地のよさそうな家具が配置されており、とても広く感じる。

部屋はラグジュアリーで素敵なのだが、感心する間もなく右手のキッチンでコックコートとコック帽を身に着けた男性が料理をしていることに驚いた。

私の視線に気づいた新さんは笑みを浮かべる。

「ホテルのシェフに作りに来てもらったんだ。外食するには時間がないと思ってね」

私のコートは彼が引き取り、自分の分と並べてソファの背もたれに置く。

「わざわざ……ありがとうございます」

そんなことまで気を使わせてしまい申し訳ない気持ちだ。

「礼なんていらない。先に部屋を案内しよう」

その場を離れ、リビングダイニングの左側を進みドアを開ける。

そこはパソコンの載ったデスクと本棚、ブルックリンスタイルのこげ茶色の三人掛けソファがある書斎だった。

「ここはほとんど使っていないから、自由に使っていいよ」

「落ち着いた雰囲気《ふんいき》のある書斎ですね。あのソファは座り心地がよさそう。でも、リビングだけでも充分にくつろげそうなので大丈夫ですよ」

「遠慮はしないでいいんだからな？　じゃあ次は寝室だ。リビングにもドアがあるが、書斎からも入れる」

新さんはその先は寝室だというドアを開けて私を促す。

男性の寝室に入るなんて初めてのことで、おそるおそる踏み入れる。

十畳くらいありそうな部屋の中央にキングサイズのベッドがあり、リネン類はホテルのような白でまとめられている。

清潔感のある寝室だ。

「心音」

新さんの腕が後ろから回って抱きしめられる。

頭のてっぺんに新さんの唇を感じ、鼓動が暴れ始める。

「す、素敵なベッドルームですね。車の中で家は狭いって言ってましたが、全然狭くないです」

　すると、彼がふっと笑うのがわかった。

「甘いムードに持ち込もうとしたのに、そうきたか」

　腕の中で向きを変えさせられて、おでこにキスを落とされる。

「こういったシチュエーションに慣れなくて……もう、心臓が……」

「他の男で慣れてしまわなくて良かった。俺だけにドキドキして」

「はい」

　唇が重なって、待ち焦《こ》がれていたキスなのだとしみじみ思った。

　独占欲に満ちたキスを終わらせた新さんは私の手を握る。

「もうそろそろシェフが帰る時間だ。戻ろう」

　手を握られたままリビングダイニングへ向かうと、シェフはプレースマットを敷いた木目の美しいテーブルの上に、いくつかの料理を並べ終わったところだ。

　テーブルは四人掛けで、背もたれのデザインが弦楽器のような形の黒の椅子《いす》だ。たしか、椅子の形はウインザーチェアと呼ばれるものだったと記憶している。

「お疲れさまです」

　新さんは年配のシェフに言葉をかける。

「よろしければ給仕をさせていただきますが」

「いえ、自分たちでできますので。ありがとうございました」

シェフはシェフ帽を外して頭を下げると、コートを羽織り玄関へ歩を進める。

私たちもついて行き見送った。

ダイニングテーブルへ戻って改めて料理を見てみると、とてもおいしそうなフレンチのお皿がいくつか並んでいた。

「手を洗って食べよう」

新さんはキッチン横のドアに案内する。

洗面所には、ホテルのようにタオル類が畳まれて棚に置かれている。

「綺麗に整理整頓されていますね」

「週二日ハウスキーパーを頼んでいるんだ。俺はそれほど几帳面ではないよ」

「私が引っ越したらハウスキーパーさんは必要なくなりますね。お仕事をなくしてしまって大丈夫でしょうか……?」

「君は働く者の気持ちがわかる人だな。心音が嫌でなければ続けてもらえばいい」

「それくらいで褒めないでください。新さんこそ、気遣いのできる素晴らしい人だと……そうだと思います。で、では……ハウスキーパーさんには当面は続けていただくことにしましょう」

褒められて恥ずかしくなって、手を洗うことに集中した。

リビングダイニングに戻ると、「スープをよそってもらえるか」と新さんに頼まれる。

彼はその場から離れて寝室へ入っていく。

アイランドキッチンの中へ入り、用意されていた白いスープ皿に熱々のオニオンスープをよそってテーブルへ運ぶ。

そこへ新さんが戻って来た。

「心音、椅子に座って」

椅子を動かし私に腰を下ろさせた彼は、フローリングの床に片膝をついた。

え……？

新さんは目を丸くさせる私に麗《うるわ》しい笑みを浮かべる。

「エンゲージリングを贈る儀式ってところだな」

小さな黒いビロードの箱を開けて中からキラキラ輝くダイヤモンドの指輪を手にする。

真ん中にラウンドブリリアントカットの大きなダイヤモンドがあり、それを取り巻くようにメレダイヤモンド、それはリングにも同じく施《ほどこ》されていた。ため息が漏《も》れそうなほど美しくゴージャスなエンゲージリングだ。

「左手を」

差し出した左手の薬指にエンゲージリングがはめられる。

「とても素敵な指輪です。ありがとうございます」

「よく似合っている。前もってロンドンの店にオーダーして引き取ってきたんだ。実物を見るまで出来上がりに不安だったよ」

指輪の入っていた箱はロンドンの老舗《しにせ》宝飾店のものだった。

「わざわざオーダーしてくださったんですね。感動で泣きそうです」

幸せがこみ上げてきて涙腺を刺激する。

「愛している。君と、おなかの中にいる赤ちゃんが愛おしい」

「新さん、私もあなたに出会えて幸せです。愛してます」

破顔した彼は立ち上がると、腰を屈《かが》めて唇にキスを落としてくれた。

「では、冷める前に食べようか」

「はい」

対面へ歩を進めて座る前に、ノンアルコールのスパークリングワインを開けてグラスに注ぐ。

「これからよろしく」

「こちらこそ、よろしくお願いします」

グラスを掲げて乾杯してひと口飲み、それから食事を始める。

料理はホテルで食べるのと遜色なく、彩《いろど》りの良い前菜や厚みのあるローストビーフ、真鯛のポワレを楽しく会話しながらおいしく食べ進めた。

こんな幸せが訪れるとは思ってもみなかった。

星崎さんと結婚する運命だったら、父と会社のためだけに結婚をして、惨《みじ》めな生活を送っていたかもしれない。

窮地《きゅうち》から何度も救ってくれ、さらに愛してくれる新さんを、私も全身全霊で幸せにしたい。

そのとき、ふと占い師のおばあさんの言葉を思い出す。

『あなたはすぐに結婚する』

『恋人もいないのに、すぐに結婚はありえないかと』

『来年……前半には生活が変わる』

本当に、言われたとおりになった。

あの占い師のおばあさんの占いは当たっていたのだ。

じゃあ、唯《ゆい》ちゃんは三十二歳で結婚……？

「どうした？　急に驚いた顔になった」

ソファに移動して、カフェインレスのミントティーを入れてきてくれた新さんは私の隣に座って首を微《かす》かに傾《かし》げる。

「あ……、実は十二月に唯ちゃんと一緒に、当たると有名な香港の占い師に、すぐ結婚すると言われたんです。まだ星崎さんとの話もなかったときなんですが」

「唯ちゃん？」

「グレードアップの対応をしていた子なんですが、覚えていますか？　彼女、従妹《いとこ》なんです」

「ああ。顔はうろ覚えだが」

あのときの占いの結果を話す。

「新さんと結婚することになって、あのおばあさんの言葉を思い出して驚いたんです」

「たしかに、それはすごいな」

「でも、星崎さんの件があって当たってほしくない気持ちでした。まさか新さんが結婚相手だったなんて……」

「香港で君と一緒に過ごして、なんとしても心音を俺のものにすると決めていたよ」

彼は微笑《ほほえ》み、切れ長の目を細める。

「新さん……私、わからないんです。会社には容姿端麗で才色兼備なCA《キャビンアテンダント》が大勢いるじゃないですか。なぜ他社の私に……？」

「どんな美人でも惹《ひ》かれない男だっているさ。それに言っただろう？　心音の接客中の姿にひとめ惚《ぼ》れしたんだと。誤解のないように言っておくが、心音は綺麗だよ。こんなに魅力的なのに、今まで深い仲になった男がいなかったのが不思議だ」

「接客中を見られていたなんて、まったくわからなかったです」

「見たと言っても、五分も見ていたわけじゃないからな。ほら、デザートを食べよう」

デザートはプディングにフルーツや生クリームの乗ったプリン・アラモードだ。リンゴは白鳥の形に包丁が入れてある。

これも唯ちゃんがいたらテンションが上がって、スマートフォンで写真を撮っているだろう。

私も唯ちゃんを真似《まね》て、美しいプリン・アラモードをスマートフォンに収めた。

「いただきます」

見た目も味も素晴らしいデザートだった。

その後、再び新さんは車を私の実家へ走らせ、道中引っ越しの話をした。

荷物は服などの身の回りの物がメインになるので明日にでも引っ越せるが、来週の締結契約やそれ以降父は忙しいだろう。

忙しさのあまり倒れられては大変だ。締結契約後、挨拶回りも多くなるはずなので落ち着くまで父のサポートをしたいと思っている。

その旨《むね》を新さんに話すと、私は二月末まで仕事を続け、三月上旬の新さんの休日に合わせて引っ越しすることになった。

二月いっぱいと言っても、実質働くのはあと一週間ほどだ。

車が家の前に到着し、新さんのエスコートを受けて降りる。

「ありがとうございました。気をつけてお帰りくださいね」

「ああ。心音も自分の体調に気をつけるんだよ」

そこへふいに「あれ？　姉ちゃん」と、背後から悠人の声がした。

「新さん、弟の悠人です。大学生で経済学部の三年です」

「悠人君、お姉さんと結婚する斎穏寺新です。よろしく」

悠人はポケッとした顔で新さんを見ており、彼が手を差し出すと我に返ったように握手する。

「よ、よろしくお願いします」

緊張した面持ちで慌てて頭を下げた悠人だ。

「心音、寒いから家に入って。おやすみ」

「はい。おやすみなさい」

悠人も新さんが車に乗り込むのを私の横で見送る。

車は走り去り、夜の闇に消えていった。

「姉ちゃん、あの人が姉ちゃんの結婚相手？」

「そうよ。どうしたの？　あまりにもかっこよすぎて驚いた？」

冗談を言いながら玄関に入る。

「それもあるけど、去年の暮れに父さんから航空業界の雑誌を渡されたんだよ」

父は悠人に期待しているので、知識を増やすように時々業界誌を渡しているようだ。

「それがどうしたの？」

コートを脱いで階段を上がりながら尋ねる。

「斎穏寺さんのインタビューがあった」

「え？　本当に？」

後ろからついてくる悠人に振り返る。

「読みたい？」

「うん。もちろん読みたいわ」

「じゃあ持っていくよ」

二階に着くとそれぞれの部屋に入り、コートをハンガーに掛けてドレッサーの前に立ったところでドアがノックされた。

「どうぞ～」

ドアが開いて、悠人が航空業界誌を持って入って来た。

「ねえ、姉ちゃん。父さんから少しだけ聞いたんだけどさ、会社のために大変だったんだよね？」

「う……ん、そうね。大変だったけど結果的には会社もＪＯＡグループの連結企業になるんだし、私は好きな人と結婚できるんだから幸せよ」

「姉ちゃんには、もったいないくらいの人だよ」

「もうっ、そんなの自覚しているから。先にお風呂入っちゃって」

悠人は笑って部屋を出て行き、今すぐ新さんの記事を読みたくなって航空業界誌を手にベッドに腰を下ろした。

悠人がすぐにわかったくらいだから、大きく載っているはず。

ページをパラパラめくっていると、パイロットの制服姿の新さんが目に飛び込んできた。

立ち姿と椅子に座ってインタビューを受けているところの写真だ。

「かっこいい……」

いや、「かっこいい」なんて言葉だけで表現できない。

スラリとした高身長はおそらく九頭身はありそうで、爽《さわ》やかな笑みを浮かべているけれどその中に男の色気を感じる。

キリッとした眉の下の切れ長の目、高い鼻梁に、官能的な唇。

世の女性が彼のこの姿を見たら、みんな目を奪われるに違いない。

そんな彼とついさっきまで一緒にいたというのに、写真の中の完璧な姿にうっとりしてしまう。

この人が私の旦那様……。

写真に見惚《みと》れてハッとなる。

「いけない。インタビューを……」

編集者との対談形式で、新さんはパイロットという職業を熱く語っていた。

コックピットから見える景色はその都度形を変える。空は美しく魅了されるが、時には刃《やいば》となるのを忘れてはならない。

無事にお客様や乗務員を目的地まで安全に運ぶ、その使命感で日々飛んでいる。フライト中は神経を使う仕事だが、離着陸の操縦が一番緊張するとき。だけど、それが何よりも好きだと新さんは言う。

完璧なフライトを日々目指し、毎回パイロットという仕事を楽しんでいる……記事はそう結ばれていた。

「新さんはパイロットという仕事が好きなのね。その仕事に誇《ほこ》りを持って取り組んでいる……」

自身の仕事をそんな風に思えるのは、正直うらやましい。

私もGSの仕事に誇りを持っていたけれど、彼の比じゃない。

パイロットは体力・知識ともに高い能力が必要で、健康維持も欠かせない。これからは微力だけれどサポートしていかないとね。

木曜日、締結式はJOAグループの本社がある港《みなと》区のオフィスビルの会議室で、大々的にマスメディアを呼んだ式典になるとのことで、父は前日から緊張しているようだった。

わが社から出席するのは社長を始め、副社長、専務取締役、秘書の橋口さんと私の五人だ。

大事な日なので、社長たちはビシッと新調したスーツを着ている。

私もグレーと黒のツイードのツーピースを着た。装飾品は新さんからのエンゲージリングだけで、薬指でキラキラ輝いている。

テーブルに二席、ＪＯＡグループの斎穏寺総帥とハートスカイジャパン航空社長の父、対面にマスメディアの椅子がズラリと並んでおり、私たちは壁側に立ち見守った。

無事に締結式が終わり、マスメディアへの質問に答える。

さすが斎穏寺総帥はメディア慣れしていて、堂々と話をしている。

父は緊張した面持ちだが、斎穏寺総帥は始終にこやかで、ハートスカイジャパン航空はさらなる飛躍をすると自信をもって告げている。

司会者が「これで本日の締結式を終了させていただきます」と言うと、マスメディアの人たちが片付けを始める中、私たちは隣の部屋へ移動した。

斎穏寺総帥が重役たちから離れ、ドア近くに待機する私に近づく。

「心音さん、ずっと立ちっぱなしで大丈夫かね？　妊娠しているのだから自愛なさい」

「はい。ありがとうございます。色々とご尽力ありがとうございました」

頭を下げる私に斎穏寺総帥は「いやいや」とにこやかだ。

「心音さんのおかげで、かねて憂慮していたことも解消されたよ。こちらこそ礼を言わねばならない」

私のおかげで憂慮していたことが解消……？

どういう意味なの？

気にはなったけれど、斎穏寺総帥は秘書に呼ばれてしまい尋ねることはできなかった。

## 七、父からの朗報

締結式以降、父は挨拶《あいさつ》回りで忙しい毎日を送り、月末になってようやく落ち着いて執務室にいられるようになった。

私はその間、父の食事や薬のサポートをしつつ、橋口《はしぐち》さんに頼まれた書類や雑用をする毎日を過ごし二月が終わった。

おなかの赤ちゃんは十週目に入っており三カ月になっている。

悪阻《つわり》はだんだんとひどくなっていて、毎朝目が覚めた瞬間ベッドから飛び出して、トイレに駆け込んでいる。

今が最も悪阻が強くなると、病院からもらった小冊子に書いてあった。

新《あらた》さんがフライトで留守がちだとしても、トイレに駆け込む姿は見せたくないな。

三月に入って最初の土曜日の今日、彼の家に引っ越す。

持っていく家具などはないが、抱えられる程度の段ボール十五個を引っ越し業者に依頼している。

彼は今朝帰国し、私を迎えに来ると言ってくれたが、母が送ってくれるので家で休んでいてほしいとお願いした。

十時三十分過ぎ、引っ越し業者のトラックに段ボール箱が積まれ、新さんの自宅に向けて出発した。

私も母の車の助手席に乗って向かう。

道路が少し混んでいて二時間近くかけて新さんのマンションに到着する。

途中で新さんにメッセージを送っていたので、彼はエントランスで待っていてくれた。

新さんは母に挨拶《あいさつ》をしてから私に笑みを向ける。

「道が混んでいたんだって？　大変だっただろう。体調は？　疲れているみたいだ」

「荷造りは簡単でした。体調は毎朝悪阻がひどくて。朝、驚かないでくださいね」

心配そうな表情になる新さんに母が口を開く。

「悪阻は仕方ないんですから、それほど心配しないでくださいね」

「彼女のことならなんでも心配ですよ。お任せください。心音さんを大事にしますから」

「新さん、娘をどうぞよろしくお願いいたします」

「こちらこそお願いします。では、家に案内します」

話している間に、引っ越し業者が台車にいくつかの段ボール箱を乗せ終わったところだ。

新さんは住まいの階数を引っ越し業者に伝え、五機あるエレベーターのひとつに私と母を乗せた。

先に家に到着し待っていると、引っ越し業者が玄関を入った廊下に段ボール箱を積み重ね、三往復で部屋にすべての荷物を運びこんで帰っていった。

新さんはホテルから和食のお弁当を頼んでくれていて、三人でお昼を食べ、少しして母は帰っていた。

「心音、休んだ方がいい。ベッドへ行こう」

「でも荷ほどきを……」

「それはいつでもできるだろう？　俺も帰宅したあと寝ていないから一緒に寝よう。赤ちゃんのためにもな」

そう言って寝室へ連れて行かれる。

キングサイズのベッドの上に横たわり、新さんが隣へ滑り込み、掛け布団が首元まで上げられる。

それから首の下に腕が差し入れられた。

「う、腕枕だなんて、疲れますよ？　私も緊張して眠れません」

ベッドにふたりで入るのは二回目で、心臓がドキドキしている。

「大丈夫。目を閉じて」

「お……やすみなさい」

麗しく笑みを浮かべた新さん。そんな彼があまりにもまぶしくて、瞼《まぶた》を閉じた矢先、唇にふんわりキスされた。

パチッと目を開けると、楽しそうに口元を緩ませる彼がいる。

「からかっているんですね？」

「隣で寝ていたらキスせずにはいられない」

実のところ、新さんにキスされてうれしい。

「私も……本当はうれしいです」

「誘わないでくれよな？　妊婦の大事な体だ。歯止めが利かなくなると困る。起きたら食事へ行こう」

「はい。たっぷり寝てくださいね」

新さんが目を閉じた姿を見守っているうちに、私も眠りに引き込まれていった。

ふと目を覚まして、すぐそばに新さんの顔があって幸せを感じる。

ぐっすり眠っているみたい。

そんなことを考えていると、ふいに吐《は》き気がこみ上げてきた。

新さんを起こさないように、そっとベッドから降りると部屋を出た。

毎回のことなので、吐いてから口をすすいでソファで休んでいるうちに気分は戻り、動けるようになる。だから悪阻は思っているよりは軽い方なのかもしれない。

時刻は十五時を回ったところだ。

新さんみたいに寝ていないわけじゃないから二時間ほどの昼寝だ。

彼が起きてくるまで荷物整理をしよう。

ウォークインクローゼットは寝室からも入れるが、廊下側にもドアがあるので、新さんの睡眠を邪魔せずに片付けられるだろう。

足を踏み入れると、ウォークインクローゼットの中は広く、ショップのように三方の壁に服が掛けられるようになっている。

中央にはネクタイや時計などが収納できるような腰丈のチェストが置かれている。

クリアーなガラスのチェストで、中には高価な時計がいくつか並べられていた。

パイロットとしても一流だけど、日本で有数の企業を経営する一族の御曹司なのだと再度認識する。

新さんのスーツや私服のシャツやコートなどがきちんと整理された状態でハンガーパイプの半分に掛けられている。

「すごい……こんなクローゼットは初めて見るわ……」

独り言ちてから、段ボール箱をひとつずつ持ってきて整理を始める。

私の荷物は主に服とバッグなどの小物とメイク道具、あとは本とアルバムくらいだ。

服とバッグ、小物はここに全部しまえる。本とアルバムは書斎に置かせてもらおう。主に英語と中国語の本だ。

半分ほど片付けたところで寝室側のドアが開き、新さんが入ってくる。

「片付けていたのか」

彼は私に近づくと、鍛えられた腕を回す。

腕時計へ視線を落とすと、時刻は十七時になっていた。

「はい。私はちゃんと睡眠を取っていますから、お昼寝程度で目が覚めちゃったんです。新さんは、しっかり眠れましたか?」

仰ぎ見る私の唇にキスが落とされる。

「ああ。ぐっすりね。心音が出て行っても気づかなかったくらいに」

「眠れたのなら、良かったです。コーヒーを入れましょうか？」

「ああ。心音は飲めないよな？」

「よくわかりますね？」

妊婦にカフェインは良くないとなぜ知っているのだろう？

不思議で、首を傾《かし》げる。

「妊娠・出産の本を読んだんだ。少しでも心音の負担を軽くできればと思ってね。カフェインレスのハーブティーを買ってある。キッチンへ行こう」

「はいっ」

妊娠・出産を知ろうと思ってくれる旦那様が、この世の中どれだけいるのだろうか。

新さんは素敵な旦那様で、優しい父親になるだろう。

キッチンでコーヒーとハーブティーを入れて、夕食は何が食べたいかふたりで話し合い、うな重を食べに行くことに決まった。

翌日は、新さんに誘われて銀座《ぎんざ》へショッピングに出た。

車をデパートのパーキングに停めて大通りを歩く。

三月に入ったとはいえ、まだまだ寒いが、日曜日の銀座はカップルや家族連れで賑《にぎ》わっている。

「新さん、ここ……」

有名な宝飾店の前で立ち止まった彼にキョトンとなる。

宝飾店のドアは閉められ、その前には黒服を着た男性が立っている。いかにここが、ふらっと入れる店ではないことがわかる。

彼は男性に「斎穏寺で予約しています」と伝え、店内へ歩を進める。

ショーケースには素晴らしい宝石が並んでいて、まばゆいばかりだ。

「マリッジリングを選ぼう。結婚式はまだだが、先に入籍して、それから母子手帳をもらう手続きをしよう」

「覚えていたんですか？」

そろそろ母子手帳をもらわなければと昨日話していた。入籍がまだなので、実家のある美浜《みはま》区の役所へ行こうと思っていたのだ。

「もちろん」

そこで洗練された女性店員に案内され、サロンのソファに座りマリッジリングを数種類見せてもらう。

目の前に並ぶマリッジリングだが、ダイヤモンドを使っているものが多い。

「俺はシンプルなリングにするが、心音は宝石が入った方がいいんじゃないか？」

マリッジリングなので石の大きさは控えめだ。これならずっとつけていられると思うが、エンゲージリングでも新さんに散財させてしまっているので躊躇《ちゅうちょ》する。

「贅沢《ぜいたく》すぎます」

「心音、宝飾品は価値のあるものを選んだ方がいい。これはどう？　エンゲージリングと合わせてもすっきりしている」

リングにぐるりとダイヤモンドが入ったリングだ。

「はめて見せて」

エンゲージリングをいったん外して、マリッジリングを女性スタッフにはめてもらう。美しいマリッジリングでサイズもぴったりだ。

「似合っている。他に気になったリングがなければ、これにする？」

「最高に素敵ですが……では、あの一粒のものを」

黒いビロードの台にある一粒のダイヤモンドがリングに埋め込まれている。ダイヤモンドの数からして値段ははるかに違うのではないかと考えたのだ。

「却下。心音、これが君の指に良く似合っている。俺の懐《ふところ》を気にする必要はない。だが、身に着けるのは君だ。一生身につけるものなんだから、気に入ったものを選んで」

ＪＯＡグループの総帥の息子嫁としたら、万が一パーティーなどに出席した場合、今つけているマリッジリングの方がいいだろう。

「そう言っていただけるのなら、こちらでお願いします」

「本当に？」

「はい。絶対にこちらの方が綺麗で……気に入りました」

にっこり笑って言うと、新さんは女性スタッフに「これにします」と告げた。


翌日、役所へ赴《おもむ》き婚姻届を提出し、私は斎穏寺心音になった。

それから妊娠届も出して手続きをし、母子手帳をもらった。

通常、母子手帳と言われる手帳は、これから子供が生まれてもずっと使うものだ。

これを手にすると、自分が母親になるのだと実感してくる。

区役所の駐車場に停めていた車に乗り込む。

「新さん、早く赤ちゃんに会いたいですね。男の子、女の子、どっちでしょう。楽しみです」

「ああ。楽しみだ。あと七カ月くらいか。待ち遠しいな。さてと、どこかでランチをとってから帰ろう」

車のエンジンがかかり、車内が徐々に暖かくなっていく。

「スーパーに寄ってから帰りましょうよ。今夜からフライトなので、私が作ります。手の込んだものはできないですが、斎穏寺心音になって初めての料理をします」

「だが、帰ってから料理をするのは大変じゃないか？」

新さんは車を動かし駐車場から出庫させると、幹線道路を走らせる。

「奥さんとしてまだ何もできていないので、作らせてください。リクエストはないですか？」

そう尋ねると、新さんは車を走らせながら少し考えている様子だ。

「……親子丼が食べたい。作れる？」

香港にいるとき、親子丼はお手軽なので頻繁《ひんぱん》に作っていた。

「はい。それだけでいいのですか？」

「ああ」

「では、お味噌汁も用意しますね」

ランチメニューが決まり、スーパーで買い物をして自宅へ戻った。

十二時を回っていたので、急いでお米をとぎ炊飯器にセットする。

炊く間にわかめの味噌汁を作り、玉ねぎと鶏肉を切る。

材料を冷蔵庫から出したところへ、インターホンが鳴った。

リビングのソファに座っていた新さんが対応すると、元気な女性の声が私のところまで聞こえてきた。

《お兄様！　いて良かった～》

「帆夏《ほなつ》、連絡くらいしろよ」

《ごめんなさい。お義姉様《ねえさま》に会いたくて来ちゃった》

「ちょっと待ってろ」

モニターの画面を切って、新さんがキッチンへやって来る。

玉ねぎを切ろうとした手を止めて彼を見る。

「妹の帆夏だ。家に上げてもいいか？　心音に会いたいらしい」

「もちろんです」

にっこり笑顔で答えると、新さんは「すまない」と言ってからもう一度モニターに戻り「どうぞ」とエントランスのドアロックを解除した。

数分後、玄関のインターホンが鳴って、新さんと共に玄関へ向かう。

ドアを開けて帆夏さんが姿を見せた。

髪は肩より少し長く、ハーフアップにしている。

大学三年の彼女ははつらつとした顔で、私と目が合うとニコッと笑った。

弟の悠人と同じ学年だ。

悠人はそっけない態度をいつも取るが、彼女は人懐っこそうな雰囲気《ふんいき》で仲良くなれそうだ。

「帆夏です。お義姉様、これからよろしくお願いします。途中でケーキを買ってきたんです。どうぞ」

有名パティスリーのショッパーバッグを手渡される。

「ありがとうございます。心音です。こちらこそよろしくお願いします。どうぞお上がりください。なんて呼べばいいかしら……」

「呼び捨てでいいんじゃないか？」

尋ねる私に彼女もコクコクうなずいている。

「でもそれじゃあ……、帆夏ちゃんと呼んでもいい？」

「はいっ、それでお願いします」

「まったく、新婚の家に連絡もせずにやって来るとは世間知らずも甚《はなは》だしいぞ」

新さんは予備のスリッパを履いている妹に顔を顰《しか》めてみせる。

「ごめんなさーい。あ！　お出汁のいい匂いがするわ」

リビングに入ってすぐ、帆夏さんはクンと鼻を利かせる。

「親子丼を作っているの。お昼がまだだったら一緒に食べましょう」

「わっ、うれしい。朝も食べていないからおなかが空いてて。お義姉様、優しい！」

帆夏さんの天真爛漫《らんまん》なところを見ていると、唯《ゆい》ちゃんを思い出す。

「すぐできるから待っててね」

キッチンへ戻り、溶いた卵を玉ねぎと鶏肉の上にかけて出来上がった。

そこへ新さんがやって来てテーブルに運んでくれる。

帆夏さんは新さんの隣に座り、私は彼の対面だ。

「おいしそ～！　いただきまーす」

彼女はスタイルがいいが、モリモリ食べ始めたのを見るとダイエットとは無縁のようだ。

新さんも親子丼を口にしてから「おいしいよ」と言ってくれる。

ふたりが食べるのを見守っていた私は、ホッとして食べ始める。

「お義姉様って、きららちゃんに似てますね」

帆夏さんの口から〝きららちゃん〟が出てきて、びっくりする。

「なんだ、その〝きららちゃん〟というのは」

新さんが不思議そうな顔で妹に尋ねる。

「お兄様、知らないの？　ちょっと待っててね」

彼女は赤いカーディガンのポケットからスマートフォンを出して、きららちゃんの画像を新さんに見せる。

「なるほど……だが心音の方が美人だな」

「えーっ、そっくりじゃない。このアニメの子が実際にいたらきっと、お義姉様みたいな感じよ。友達に自慢しちゃおう」

私は義妹《いもうと》に気に入られたみたいだ。

ニコニコして彼女はスマートフォンをポケットに戻す。

「帆夏、俺はもう少ししたら仕事に出るから、食べたら帰るんだぞ」

「うん。私も夕方に友達と待ち合わせてるの。食べたら帰ります」

「帆夏さん、今度はゆっくりしていってね」

「お義姉様に会いに来ますね」

三人での会話は弾《はず》み、帆夏さんは食事を終えて満足そうに帰っていった。

帆夏さんを送り出したあとソファに座る。すると、新さんは昨日購入した宝飾店の指輪のケースを持ってきて、隣に腰を下ろす。

「心音、手を出して」

差し出した左手の薬指に、マリッジリングがはめられる。

「今日から君は、正式な俺の奥さんだ。これからよろしく」

「はい。よろしくお願いします」

両手を握ったまま、お互いが顔を近づけて唇を重ねる。

やんわりと唇に触れたあと、ちゅ、ちゅっと唇を食《は》んでから離れた。

「俺の留守中はのんびりしていろよ。日本へ戻ってから気の休まる日は少なかったんじゃないか？」

新さんは本当に私のことを理解してくれている。

星崎さんと結婚しなければならないと思い詰め、父の病気のこと、会社のこと、妊娠して不安だったことなど、考えあげたらきりがない。

けれど、今はこうして新さんと愛し合い、幸せに満たされている。

「でももうなんの憂いもないですから。新さん、幸せにしてくれてありがとうございます」

「俺もだ。じゃあ、出掛ける支度をしてくるよ」

両手に触れていた手がポンポンと手を撫《な》でるようにして、新さんはソファから立ち上がった。

斎穏寺家の一員になってから二週間が経った。

お互いの性格や生活習慣を知らないふたりの同居は毎日が新鮮で、どんどん新さんのことがわかってくるのがうれしい。

この二週間のうち、彼と顔を合わせたのは五日だったが、新さんのために料理や身の回りのお世話をするのは至福のときだ。

彼は私に頼ることなく、なんでもひとりでできてしまうが、家にいるのだからとさせてもらっている。

のんびりしているおかげで、悪阻もだんだんと軽くなっている。

昨日レディースクリニックへ行き、超音波検査で赤ちゃんの写真をもらい母子手帳に挟んだ。

今日の夕方、帰国する新さんに早く見せたくてうずうずしている。

四カ月に入ったので、そろそろ悪阻は治まるのではないかと先生は言っていた。

三月も後半になり、暖かい日も多くなってきている。

時々実家に連絡を入れて母と話をする。

父は調子がいいようで、薬の量が減ったという。

「さてと、夕食の準備をしておこう」

ビーフシチューを作るつもりで牛肉のかたまり肉を昨日買ってあった。

十八時過ぎ、玄関のインターホンが鳴り急いで向かう。

その途中でカチャとドアが開く音がした。

「おかえりなさい。お疲れさまでした！」

パイロットの制服姿の新さんは「ただいま。急いで出迎えなくてもいいよ。滑ったら危険だ」と笑う。

「はい。今度からそうします」

「いつも言ってるのに？」

新さんは端正な顔に苦笑いを浮かべる。

毎回このやり取りになっているので、私の言葉は信じてくれないようだ。

彼は羽田空港まで、いつも自分で車を運転して通勤している。

見惚《みと》れるくらい男の色香を漂わせた新さんを、ひとり占めできるってすごく得している気分になる。

うちのパイロットで、新さんほどの素敵で有能な機長や副操縦士はいない。

「変わりないか？」

新さんと会うのは三日ぶりになる。

キャリーケースから手を離した彼は、腕を回して私を抱きしめる。

「はい、特に変わりはありません。あ、昨日検診だったので、レディースクリニックでエコー写真をもらってきました。あとで見てくださいね」

「楽しみだな。それじゃあ、先に風呂に入るよ」

おでこにキスが落とされてから離れる。

「湯張りしています。どうぞゆっくり入ってきてください」

「本当は一緒に入りたいんだが、襲いかねないからな」

妊娠中の性行為は避《さ》けた方がいいと先生も言っていた。新さんも妊娠のことを勉強したと言っていたから、大事をとって避けるつもりでいてくれる。

「私の旦那様は、理解がありすぎて困惑します」

男盛りでモテるであろう彼だから、結婚したとしても女性から誘われることもあるのではないだろうか。

疑うわけではないが、このままでいいのかと気になるところではある。

「君と赤ちゃんを大事にしたいんだ」

私の肩に腕を回してリビングに歩を進め、着いたところで髪に唇が落とされる。

「じゃあ、お風呂にどうぞ。出たらすぐ食べられるように夕食の支度を終わらせておきます」

背伸びして新さんの唇に軽くキスをして、キッチンへ向かった。

ビーフシチューと温野菜、その他の数種類の副菜を食べ終わり、ソファに並んで座って二枚のエコー写真を見せる。

「もう少しでキウイフルーツくらいの大きさになるそうです」

「すごいな。母親の体は神秘的だ。一枚もらってもいいか？　持っていたい」

「はいっ、どうぞ」

持っていたいと言ってくれるのは本当にうれしくて笑みがこぼれる。

新さんは「ちょっと待ってて」と立ち上がり、書斎に入りショッパーバッグを手に戻ってくる。

「お土産だ」

ショッパーバッグを私に渡して、彼は常に持ち歩いている手帳にエコー写真を挟む。開くとすぐに目につくところだ。

お土産も、毎回仕事に出掛けるたびに買ってきてくれている。仕事中はほとんど出掛けないと言っていたので、どれも免税店やホテルで買えるものだ。

「ありがとうございます。今回は香港でしたよね」

うらやましいと思いつつ、ショッパーバッグに入っているお土産を出していく。

「わあ！ クッキーにヌガー、これは……エッグタルト！ どれも私の好きなものばかりです。けど……」

「けど？」

「甘やかさないでくださいね。太ってしまいますから」

新さんは「あー」と笑う。

「たしかにそうだな。食べ物じゃない方がいいか。今度から控えるよ」

ショッパーバッグの中の最後のお土産を手にする。

「これは……」

香港は金が有名で、私も知っている宝飾店のロゴだ。

「開けてみて」

リボンを外して開けると、ゴールドのネックレスが入っていた。ペンダントヘッドはフェミニンで綺麗な五つの花だ。

小さな花はピンクゴールドとイエローゴールで真ん中にダイヤモンドが輝いている。

「とってもかわいいです」

「つけてあげよう。後ろを向いて」

髪をまとめて片手で持ち、お尻を少しずらして新さんに背を向ける。

ネックレスが肌に触れた次の瞬間、うなじに唇の感触が当たった。

甘い感覚が蘇《よみがえ》り、母親であることを忘れてしまいそうになる。

「あ、新さん……」

彼の唇が離れ、体を元に戻す。

「つい触れたくなってしまうな」

自虐的な笑いを浮かべる新さんが愛おしくて、思わずギュッと抱きつく。

「エッグタルトを食べましょう。飲み物を入れてきます。コーヒーでいいですか？」

「いや、心音と同じでいいよ。荷物を片付けてくる」

新さんは私の唇にそっとキスを落として立ち上がった。

四月中旬、五カ月目に入って悪阻もすっかりなくなり、腹部が少しふくらんできた。体調もすこぶるいいので、日常の家事を終えるとやることがなくなってしまい、一日が長く感じる。

そんな折り、父から電話がかかってきた。

《元気でやっているか？　体調はどうだ？》

「うん。いいわ。赤ちゃんも順調よ。お父さんはどう？」

父の声はやる気に満ちて張りがある。

《調子いいよ。朗報がある》

「朗報？」

《ああ。実はな、ハートスカイジャパン航空が、週四便で羽田―ソウルの就航が決まったんだよ》

「羽田から？　週四便だなんて！　お父さん、すごいわ！」

ＬＣＣであるハートスカイジャパン航空は、成田国際空港の離着陸のみで、都心からアクセスのいい羽田空港の運航を諦めていた。

香港の投資会社がわが社から手を引く少し前、中古ではあるが航空機を購入していた。その航空機を運航させたかったのだろう。
《そうなんだよ。ＪＯＡのおかげで、夢が叶《かな》うんだ》
「韓国《かんこく》は人気路線だから集客も望めるわね」
《ＣＡ《キャビンアテンダント》はＪＯＡからの出向という形で確保できたんだが、ＧＳ《グランドスタッフ》の人員が足りなくてね。急遽増やしたんだ》
成田国際空港勤務のＧＳたちは空港近くに住んでいるので、異動となれば大変だし、他の便を減らしているわけではないので人員不足になる。
ソウル便で起死回生、業績アップを狙えるだろう。
《そこでな。妊娠しているお前に頼むのは避けたかったんだが、雇ったＧＳの教育係をしてもらえないかと電話をしたんだ》
「私が教育係を？」
《ああ、適任だろう。会場はＪＯＡグループの社屋の会議室を貸してもらえる。就航まで一カ月ほどだ。頼めないだろうか？　他に二名のインストラクターを頼んでいるから負担は少ないと思うんだが》
新さんが留守のとき、退屈であるのもたしかなので話に惹かれる。

港区にあるＪＯＡグループの社屋ならば、この家からも近い。

「会社のためなら手伝いたいけど……」

《新君に聞いてもらえないだろうか》

「……わかったわ。相談してみる」

通話が終わり、窓辺に立つ。

羽田空港から離着陸する旅客機が空を飛んでいるのが見える。

父からの打診に心が躍るのは、ハートスカイジャパン航空の朗報のせいだろうか。

翌朝、ロンドンから帰国した新さんは仮眠を取って、十五時過ぎからふたりでドライブに出掛けた。

東京アクアラインの海ほたるで休憩し、ぶらぶらと建物の一番上まで上がり夕暮れの海を眺《なが》める。

深い青にキラキラした水面が綺麗だ。

平日のせいか周りには人がいない。

「新さん。昨日、お父さんから電話があったんです。ＪＯＡグループのおかげで羽田―ソウル線が就航すると」

「ああ。耳には入っていたが、決定じゃないから話さなかったんだ。決定したんだな」

「はい。お父さん、とても喜んでいました。それで……」

「それで？」

海へ視線を向けていた新さんが私へと動かす。

「ＧＳを教育してほしいと言われたんです。ＪＯＡグループの社屋の会議室を貸していただけると言っていました。新さんに相談してから返事をしようと思って」

反対されるかもしれないと思うと、話し方が消極的になってしまう。

「心音はどう考えている？」

「私は……やりたいと思います。でも、新さんが反対であれば断ります」

すると、新さんは「ふぅ」と吐息を漏《も》らす。

「俺の意見を聞くことは夫婦にとって大事だと思うが、俺が反対だからといって、心音の気持ちを押し殺すことはしてほしくない。ふたりで話し合って結論を出すのがいいんじゃないか？」

「新さん……そうですね。話し合ってから決めたい」

「そう。それでいい。心音のキャリアをいかせるのはたしかだ。だが、妊娠中だからそこが心配になる」

「安定期に入るので、問題はないかと思います。私の知っている妊婦さんは七カ月までGSとして働いていました。私も健康ですし。座学研修は二十日程度で、その後、現場研修を見る形になるはずです。それくらいであれば、体にも負担にはならないかと思うんです」

新さんが納得したようにうなずく。

「職場も電車で十分ほどだから、通勤も体の負担にならないだろう。心音は優しいから父さんの力になりたいんだろう。やるといいよ」

「新さんの気持ちを聞いていないです」

「一日中、誰とも話さない日もあるだろう？　部屋にこもらせてしまっていると、気になっていたんだ。俺は反対じゃないよ」

新さんの右手のひらが私の頬に当てられる。

「ごめんなさい。心配かけていたんですね」

「常に心音のことを考えているし、幸せな生活を送ってほしいと思っている。好きな仕事を教えるところを見たい気持ちだ。きっと水を得た魚のようだろう」

口元を緩ませた新さんは顔を傾《かたむ》け、そっと唇を重ねた。

# 八、驚くべき真実

五月のゴールデンウィーク明けからGS《グランドスタッフ》の座学研修が始まった。

妊娠五カ月の終わりで、腹部のふくらみは服によっては目立つようになってきている。定期健診で赤ちゃんも順調に育っているとのことだ。

もうそろそろ胎動があってもいいのではないかと思っているが、医師は個人差があるから心配ないと言っていた。

訓練インストラクターは私の他に、ジャパンオーシャンエアーのGS専任のインストラクターがふたりいる。

私の担当は空港のカウンター業務や搭乗ゲートでの仕事を教えることだ。

月曜日から金曜日まで、一日二時間程度の座学研修なので体への負担はないし、教えることが楽しくて、やりがいのある仕事を任せてもらって良かったと思っている。

今回GSとして入社したのは十五名で、一カ月後の羽田―ソウル間の就航に間に合わせなければならない。

訓練インストラクターとして一週間が経ち、今日は午後からの座学研修でＪＯＡグループ社屋のロビーに入ったところだ。

セキュリティゲートを通過したところで、エレベーターから降りた斎穏寺《さいおんじ》総師とばったり会う。

三人のスーツ姿の男性と、綺麗《きれい》な女性が斎穏寺総師の後ろに付き従っている。

斎穏寺総師はすぐに私だとわかり、にこやかな笑顔を浮かべる。

「心音《ここね》さん、こんなところで会うとは」

「斎穏寺総師、ご無沙汰《ぶさた》しております」

義父なのだが、まだ数回しか会っていないので「お義父さん」とは言い慣れず、つい「斎穏寺総師」と口にしてしまうと、ロマンスグレーの端正な顔を顰《しか》める。

「心音さん、なんとも他人行儀じゃないか。ぜひ、お義父さんと呼んでほしい」

「申し訳ありません。つい……」

「元気そうでなにより。おなかの赤ちゃんもすくすく育っているみたいでうれしいよ」

お義父様の視線が紺のＩラインワンピースの腹部へ向けられる。

「安定期に入っていて順調です」

「生まれるのが楽しみだよ。そうだ、GSのインストラクターをしていると聞いた」

「はい。この度はお力添えいただきありがとうございました。父も大変喜んでおりました」

「いやいや、ハートスカイジャパン航空が飛躍するのは、わが社にとってもメリットがある。期待しているよ。今度食事をしよう。息子にも言っておく。家内も心音さんに会うのを楽しみにしているんだよ。では失礼する」

お義父様は笑顔でそう言うと、セキュリティゲートの方へ歩を進め、スーツ姿の男性たちもついて行く。

お義父様と話しているときも視線が気になっていたが、紅一点の女性がじっと私を見ながら立ち去っていった。

二十代後半くらいの目鼻立ちの整った目を見張る美人だ。

お義父様の秘書……？

私を見るきつい視線は、気のせい？

気になるけど講義の時間が迫り、エレベーターに乗って六階の会議室に向かった。

二時間の座学研修を終えて、廊下に出た所で新《あらた》さんが立っていて驚く。

「新さん、どうしてここに？」

彼は今朝ロンドンから帰国して、私が出勤するときはベッドで眠っていた。

「心音を迎えに来たんだ。お疲れ。行こう」

「行こうって？」

手を握られて歩き始める新さんに首を傾《かし》げる。

「赤ちゃんのものを買いに。できるときに準備しておいた方がいいと、何かに書いてあったんだ」

「うれしいです」

にっこり笑顔を向けたとき、会議室のドアが開いて新入社員たちが出てきた。

思わず繋《つな》いでいた手をパッと離す。

「わ！　もしかして斎穏寺インストラクターの旦那様ですか？」

しかし、手を繋いでいたところはしっかり見られていたようだ。

「心音の夫の斎穏寺です」

新さんは魅力的な笑みで彼女たちに挨拶《あいさつ》する。

「すっごいイケメンですね。ここにいらっしゃるということは、ＪＯＡで働いているんですね？」

「ＪＯＡのパイロットをしています」

新さんがサラッと言ってのけると、彼女たちは「キャー、すごい。お似合いのおふたりですね」と興味津々の目を向けられる。

「み、みなさん、それではまた明日。お疲れさまでした」

早々に話を切り上げ、新さんを促してエレベーターホールに向かった。

まだ新さんと話したそうな彼女たちから離れられてホッと安堵する。

「実際に女性たちから称賛の声を聞くと、嫉妬しちゃいます」

いつも女性たちからキャーキャー言われているのではないだろうか。

「嫉妬か。うれしいな。だが、俺は君だけのものだ」

新さんが目尻を下げたとき、エレベーターが到着した。

地下駐車場に停めていた新さんの車に乗って、日本橋《にほんばし》の老舗《しにせ》デパートのベビー用品売り場へ足を運ぶ。

ベビー用品売り場はホワイト一色の赤ちゃんの部屋が展示してあり、ベビーベッドやベビーダンス、ベッドメリーを目にし、私たちの赤ちゃんが寝ているところを想像したら顔が緩んできてしまう。

「性別がまだわからないので、ホワイトがいいですよね」

「そうだな……色があった方がいいと思うのなら、もう少し待つか？」

「うーん、ブルーやピンクもかわいいですね。ホワイトやレモンイエローなら男女どちらでも大丈夫ですし……悩みますね」

「少し見てみようか」

「はいっ」

販売員のアドバイスを聞きつつ、出産準備に必要なものやベビー用品を見ていき、これから夏に向けての涼しげなマタニティウエアを五着選んだ。

「よろしければ、こちらのリストをどうぞ」

「ありがとうございます」

ベビー用品の準備リストなどが細かく書かれている用紙をもらう。それと一緒にパンフレットも差し出される。

「帰宅して検討します」

新さんが販売員からパンフレットを受け取る。

「行こうか」

「あ、ちょっと待ってください。これをください」

天然ゴム素材のホワイトキリンの歯固めが入った箱を手に取る。ホワイトキリンの赤ちゃんは愛嬌のある顔でかわいらしい。

新さんが支払いを済ませ、ベビー用品売り場をあとにした。

夕食を済ませてから帰宅し、デパ地下の和菓子店で買ってきたくりむし羊羹《ようかん》をカットする。カフェインレスの緑茶を入れてソファへ行くと、新さんがタブレットを見ていた。

ローテーブルにくりむし羊羹と湯飲みを置き、新さんの隣に腰を下ろす。

「ここのくりむし羊羹が最高なんですよ」

全般的に甘いものは好きだが、体重増加にならないよう、デザートは洋菓子よりも和菓子を最近は選択している。

「たしか母も好きだったと思う」

「では、今度お会いするときに持っていきましょう。あ、今日セキュリティゲートの近くでお義父様にお会いしたんです」

「何か話したのか？」

「はい。お出掛けする前だったみたいですが、わざわざ立ち止まってくださって」

そう口にした途端、新さんがよく通る声で笑う。

「義理の父親なんだから、立ち止まってくださってはないだろう」

「あ……。ですね。お義父様も私が斎穏寺総帥と呼んだので、〝お義父さん〟と呼んでほしいとおっしゃっていました」

「そのとおりだな。それで？」

そう言って話の続きを促し、新さんは湯飲みを口へ運ぶ。

「体を気遣ってくださり、今度食事に行こうと」

「結婚式はまだ先だから、家族同士の顔合わせをしないとな。心音の仕事が落ち着いたら決めよう」

うなずいて私も緑茶を飲んでから、くりむし羊羹をひと口大に切って食べる。

甘さ控えめでおいしくて頬が緩む。

「あ！」

ベビー用品売り場で買ってもらった、箱に入ったホワイトキリンの歯固め人形を思い出す。リビングの入り口に置いてあったショッパーバッグを取りに行ってから、新さんの隣へ戻る。

「これが赤ちゃんのファーストトイになるのね。すごくかわいいわ」

「ああ。赤ちゃんのおもちゃは小さくてかわいいな。それはそうと、ベビー用品を見ていて思ったことがある。心音、引っ越しをしないか？」

「え？　引っ越し？」

突然の言葉に首を傾《かし》げる。

以前も手狭に感じたら、引っ越しも考えようと言っていたけれど。

「ああ。子供が生まれたら、やはりこの部屋は狭い」

「そうですね。これから子供も増えるかもしれないし……」

本当に贅沢すぎる悩みなのだと思う。けれど、ベビーベッドやベビーダンス、将来的には子供部屋も必要になるから、すぐにではなくても今から探し始めた方が、最適な物件を選べる。

「では、ＪＯＡグループの不動産部門に、物件をいくつか候補を挙げてもらおう」

「はい。お任せします。新さん、くりむし羊羹をどうぞ」

「心音が食べさせて」

ふいに言われて心臓がドキッと跳ねる。

「い、いいですよ。あーんしてください」

楽しそうに微笑《ほほえ》んだ新さんは口を開けて待つ。

フォークで食べやすいように切ってから彼の口まで持っていくが、なぜか唇が閉じられる。

「新さん、閉じたら食べさせられません」

「心音の口からに決まっているだろう？」

「え？　つまり……口移し？　も、もうっ、そんなこと思いもしませんよ」

「ほら、早く」

甘く見つめられ胸がキュンとなる。口移しをしたことなんて経験がないから、やけに照れてしまう。

そんな私を新さんは楽しげに見ている。

「自分で食べた方がおいしいかと……」

ぶつぶつ言ってから自分の口にくりむし羊羹を挟み、新さんの口に近づける。次の瞬間、唇が塞《ふさ》がれくりむし羊羹が彼の口に引き取られた。

新さんはついでとばかりに私の唇をひと舐《な》めし、続いてくりむし羊羹をゆっくり咀《そ》嚼《しゃく》する。

「心音から食べさせてもらうと、さらにおいしく感じるな。もっと食べたい」

再びねだられて、次は少し恥ずかしさもなくなり、同じようにくわえてから顔を近づけた。

そのときだった。

おなかをポコンと内側から触れられ、とっさに手を腹部に持っていく。

「どうした？」

「今……これが胎動？」

「動いたのか？」

新さんはうれしそうに私の腹部にそっと手を置く。

「あ、また。新さん、わかりましたか？」

「微《かす》かだがわかった。すごいな」

ふたりで感動を分かち合えるって、すごく幸せを感じる。

「ママとパパだよ」

目尻を下げる彼は、少しふくらみのある腹部を撫《な》でる。

「う～ん……止まっちゃったみたい……」

それから数分間、新さんの手のひらは腹部に置かれていたが、胎動は収まってしまって感じられなかった。

座学研修も大詰めで、五月は今日で終わり六月に入る。私が教えるのは残り一週間になった。

ハートスカイジャパン航空の羽田―ソウルの就航は七月一日。

彼女たちは就航まで、ジャパンオーシャンエアーで実地研修をさせてもらうことになっている。

週四便のうちより、JOAは目が回るほど忙しいだろう。

そのうち六名は韓国仁川《かんこくインチョン》国際空港で仕事をする。

ミスのないように最後の一週間は気を引き締めて、彼女たちが完璧にできるようにひとりひとり気を配っている。

「LCCの搭乗ゲートは保安検査場やチェックインカウンターから離れた場所にあります。乗客のチェックインのあとは、余裕をもって搭乗ゲートに向かうよう勧めてください。それでは、今日はここまでです。お疲れさまでした」

「ありがとうございました！」

GSたちを先に帰らせてから廊下に出ると、紺のタイトなワンピース姿の女性が近づいてきた。

「斎穏寺心音さん」

「あなたは……？」

先日、セキュリティゲート近くで義父にあったとき、後ろにいた女性だ。

「総師秘書をしている東原《ひがしはら》です。新さんはあなたのどこが良くて結婚したのかしら。理解できないわ」

突然、突き刺さるような言葉をぶつけられ狼狽《ろうばい》する。

なぜ彼女はそんなことを言うの……？

「あなたは彼の好きなことを結婚という形で奪い、そのせいで私たちの計画はだめになったのよ」

「奪った？　東原さんたちの計画ってなんですか？　おっしゃる意味がわかりません」

「何も知らないようだから教えてあげる。新さんは、あなたの父親の会社を救うためにパイロットを辞めなければならないの」

東原さんは苛立《いらだ》たしげな表情で口にした。

「！　どうして？　なぜ辞めなければならないんですか？」

「総師は新さんにパイロットを辞めて、グループを継ぐように言っていたわ。でも彼は飛ぶことが好きで、会社は別の者に継がせるよう断っていたの。だから、ハートスカイジャパン航空を救うように新さんから頼まれた総師は、ここぞとばかりにパイロットを辞める条件を出したのよ」

嘘《うそ》……。そんな条件が……。

「あなたは彼を殺したも同然なのよ。私の夫も」

東原さんの夫？

わけがわからなくて茫然となっていると、ひとりの男性が慌てた様子で近づき東原さんの腕を掴《つか》んだ。

「梨沙《りさ》！　やめるんだ！　いったい何を言っているんだ！」

「言わずにはいられなかったのよ。この人のせいで、あなたと新さんの未来は潰されたのよ！　犠牲者は苦しんでいるのに、彼女だけ幸せそうで……許せないのよ！」

「だが、彼女は何も知らなかった。それなのに、新の気持ちを君は台無しにしたんだぞ」

ふたりの会話が耳に入ってくるけれど、まだ理解できない。

「斎穏寺さん、妻が申し訳ありませんでした。今の話は気にしないでください」

そう言って男性に引っ張られるようにして、東原さんは立ち去った。

頭が真っ白になりサーッと血が下がる感覚に陥《おちい》り、ふらつく体を急いで壁に手をついて支える。

今の話でわかったのは、新さんがパイロットを辞めると彼女が言っていたことだ。

本当に……新さんはパイロットを辞めてしまうの……？


帰宅して新さんがいないリビングへのろのろと歩を進め、力なくソファに座る。

東原さんの話は本当のことなの？　だけど、わざわざそんな嘘をつく？

あの男性は「妻が」と言っていたから、彼女の旦那様なのだろう。

新さんを殺したも同然って……？

先日、彼女から浴びせられた睨《にら》みつけるような視線は、私にこのことを言いたかったのかもしれない。

悠人から借りた航空業界誌の、新さんのインタビュー記事を思い出す。

心の底から大空を飛ぶことが好きなのは、記事を読んでいてもひしひしと伝わった。

私のせいでパイロットを辞める？

辞めてゆくゆくは総帥に？

どうしよう……。

目頭が熱くなっていき、両手で顔を覆《おお》う。

なぜ言ってくれなかったの？

そう思ったが、新さんのことだ。私のために事後報告するつもりなのだ。

私はどうすればいいの？

ハートスカイジャパン航空の件は、白紙にすることなんてできない。

お義父様と話をしなくては。

そうすれば状況を把握できるし、もし本当のことなら新さんがパイロットを続けられるように頼める。

新さんは明日の夜、帰国する。

今日か明日……お義父様にアポを取らなきゃ。お義父様は多忙なビジネスマンだ。もしかしたら、日本にいないかもしれない。

バッグからスマートフォンと、以前お義父様からもらった名刺を名刺入れから出す。

今の時刻は十六時を過ぎている。

執務室に電話をかければ東原さんが出るはずだけれど、お義父様に会うにはアポを取らなければ。

ドキドキ暴れる心臓を深呼吸で落ち着かせようとする。

スマートフォンにお義父様の番号を入れ終わろうとしたとき、画面が変わって今タップしていた番号が映し出された。

「え……」

その番号に息を呑《の》んだが、とっさに通話をタップした。
《心音さん？》
「は、はい。心音です。お義父様」
《たった今、東原専務から新の件を心音さんに話したと聞いてね。そのことで話したいのだが》
「私もお話を伺いたいと思っていました。このあと、お時間をいただけますか？」
《ああ。今日はずっと執務室にいる。食事に誘いたいところだが、そんな気持ちではないだろうね？》
「今日はお話だけで……。せっかくですが、申し訳ありません」
《いやいや、いいんだよ。では待っている。受付で私に連絡を入れるよう伝えなさい。気をつけて来るんだよ》
通話が終わり大きく吐息をついた。
三十分後、ＪＯＡグループの社屋のエントランスにタクシーが止まる。
支払いを済ませ、タクシーを降りて社屋へ向かう。
受付嬢が八人ほどズラリと並んだそのうちのひとりに、斎穏寺総帥と約束している旨《むね》を伝える。

「承っております」

彼女から、奥のエレベーターで最上階へどうぞとにこやかに言われ、セキュリティゲートからエレベーターホールへ向かう。

真実を知るのが怖くて、心臓が痛いくらいドキドキしている。

けれど東原さんの話を聞いてしまったのだから避《さ》けては通れない。

愛する新さんのことなのだ。

総帥の執務室のある最上階にエレベーターが止まり、意を決して降りる。

そこには、東原さんではない年配の上品なツーピースを着た女性が立っていた。

「秘書室長を務めている三島《みしま》と申します。心音様、どうぞこちらでございます」

三島さんに案内されて奥へ進む。

高級感のある赤の絨毯《じゅうたん》が廊下に敷かれており、重厚感のあるドアが並んでいる。

座学研修を行っている六階しか知らないが、やはり重役フロアということもあり特別なフロアなのだろう。

女性は金色のプレートに黒い文字で〝総帥室〟と書かれたドアをノックしてから開ける。

「心音様がいらっしゃいました」

「ありがとう」

四十畳はありそうな広い部屋で、プレジデントデスクにいた斎穏寺総帥が椅子《いす》から立ち上がり、こちらへ近づいてくる。

「君、飲み物を頼む。心音さん、何がいいかね？」

「では、お水をお願いします」

斎穏寺総帥は女性に頼み、私にソファへ座るよう勧める。

部屋に秘書の席だと思われるデスクが入り口近くにあったが、そこに東原さんの姿はなかった。

「私の秘書の東原君が失礼した」

「あの、彼女が言っていたことは本当なのでしょうか？　新さんがパイロットを辞める条件で、ハートスカイジャパン航空を助けてくださったと」

神妙な面持ちで義父を見つめる。

「ああ。間違っていない。息子に私の跡を継いでもらうためだった。姑息な手を使って申し訳なかった。新が自分のために辞めると知って、傷ついているね。だから息子も心音さんに話さなかったんだろう」

本当だったんだ……。

覚悟していたとはいえ、衝撃のあまり一瞬息が止まりそうになる。

「大丈夫かね？　顔色が悪い」

「だ、大丈夫です……。あの、お義父様。新さんはパイロットの仕事に誇《ほこ》りを持っているんです。どうしても辞めなくてはならないのでしょうか？　新さんがパイロットになるのに反対はされたんですか？」

「息子がパイロットになることに反対はしなかった。とても優秀で、そしてわが社の最年少機長になり……誇らしく思ったのはたしかだ」

「それならなぜ……？」

ふいに義父は愁《うれ》いを帯びた表情になる。

「五年前に……新の兄の樹《いつき》が事故で亡くなったんだ。樹が私の跡を継ぐことになっていた」

新さんにお兄様が……。

長男が亡くなったことで、次男の新さんがＪＯＡグループを背負わなければならなくなったのだ。

そこへ、先ほどの女性がウォーターピッチャーとグラスを持って戻って来た。

「ありがとうございます」

私の目の前に置くと、丁寧にお辞儀をして執務室を出て行った。

「ハートスカイジャパン航空を傘下に入れるよう打診されるまで、新はパイロットを辞めないの一点張りだった。それをあっさり辞めると言い切ったんだ。心音さんのためなら信念を曲げることも厭《いと》わない」

すべては私のため……。

ずっと泣かないように義父の話を聞いていたが、とうとう涙腺が決壊して涙が頬を伝う。

「す、すみません……」

バッグからハンカチを出して、涙を拭《ぬぐ》う。

「真実を知ったんだ。当然の涙だよ。君を泣かせたと新が知ったら、当分口を利いてもらえなそうだ」

「……私は新さんの人生を変えてしまったんですね……。東原さんの話では、彼女の旦那様の人生も狂わせてしまったようなんですが……」

「彼女の夫、東原専務は私の姉の息子なんだ。樹が亡くなったとき、誰もが総帥を継ぐのは東原専務だろうと期待していたんだ。だが、新がパイロットを辞めることで、東原専務は総帥になれない。いや、彼は私の跡を継ぎたいわけではない。会社のために常に尽力し続ける男だ。しかし彼の妻である私の秘書が納得できなかったようだ。夫が次期総帥になるものと思っていたんだろう」

「私がふたり……いえ、三人の未来を変えてしまったんですね……」

申し訳なさにギュッと胸が締めつけられるようだ。

「心音さん、気に病まないでほしい。もう解決していることなんだ。おなかの赤ちゃんに何かあったら取り返しがつかない。東原専務のこともだ。彼は新の良きアドバイザーになってくれるはずだ」

そう言われても、この件は私の中では始まったばかりだ。

「……新さんはいつまでパイロットを続けられるのでしょう？」

「六月二十八日の香港へのフライトが最後だと聞いている。心音さん、新が自分から話すまで、知らないフリをしてもらえないだろうか？」

六月二十八日……あと一カ月もない。

このことを知ってしまい、平然と新さんの顔が見られるのだろうか。

「……わかりました。あの、お義父様。お義父様はまだまだ引退するご年齢ではないと思います。新さん……まだパイロットを続けられないでしょうか？」

すると、義父は弱ったような笑みを浮かべる。

「いやいや、私は六十八だ。もう年金をもらっている年だよ。それに実は、前立腺がんを患《わずら》っているんだよ」

「がんを……」

義父の告白に言葉を失う。

「はは、そう簡単には死なない。しっかり治療もしている。今まで仕事一筋で、女房孝行もほとんどできていない。会社を新に譲って、体が動くうちに妻とゆっくり海外を回ってみたいと思っているんだ。これまで仕事一筋だったから、余生くらい楽しまなければ」

「お体を、どうぞお大事になさってください」

「ありがとう。年を取ると色々出てくる。心音さんも体に気をつけて無事出産し、孫を抱かせてほしい。あと、この件は君が考えるより、新は吹っ切れているはずだ。彼が後悔するとしたら、心音さんが思い悩むことじゃないだろうか」

新さんの深い愛に、私はどう応えられるだろう……。

# 九、彼の最後のフライト

六月も中旬になり、座学研修を終了したＧＳ《グランドスタッフ》たちは羽田《はねだ》空港のＪＯＡで、一人前になれるように実地研修をしている。

私はインストラクターから離れたが、七月一日の就航日から二週間ほどは現場へ出なければと考えている。

ミスなく、乗客を旅客機に搭乗させなければならない。

新《あらた》さんがパイロットを辞める話はとてもショックだったが、なんとか口や態度に出さずに済んでいる。

フライトもあと数えるほどなのに、新さんの様子は変わらない。

一緒に過ごしていると、謝りたい衝動に駆られる。

でも、お義父様の言っていたとおり、私が思い悩むことが彼にとって一番つらいのであれば、今は知らないフリを続けるしかなかった。

いつか彼が操縦するフライトに乗ってみたいと思っていたが、いつでも……というわけにはいかなくなり、新さんの最後のフライトになる香港《ほんこん》便に予約を入れた。辞めることは知らないことになっているので、新さんには内緒だ。

七カ月目になるおなかはだいぶ大きくなってきているが、飛行機の利用は七カ月までなら、胎児にも影響はないと言われている。

新さんの最後のフライトが七月以降になっていたら、乗るのは叶《かな》わなかったかもしれない。

「――音、心音？」

キッチンで物思いにふけってしまっていたようで、新さんの声にハッとなる。

「ど、どうしたんですか？」

「ボーッとしてどうした？　気分でも悪い？」

新さんがすぐそばまで来て、私のおでこに手のひらを当てる。

「ううん。なんでもないの。夕食のメニューを考えていただけ」

「夕食か。昼食を食べたばかりなのに主婦は大変だな。今日は外で食事をしよう。あ、終わったらこっちに来てくれ。内見物件がいくつかピックアップされて届いている」

「早いですね。すぐに行きますね」

新さんはリビングのソファへ戻っていく。

ハーブティーを入れようとしていたところだった。蒸らしている最中に考え事をしてしまったのだ。

新さんがいるときは気をつけなきゃ。心配をかけてしまう。

カップにハーブティーを注ぎ終え、トレイに乗せて彼の元へ行く。

「心音、これを見て」

A４の用紙が渡される。十枚以上あるだろうか。

彼は先ほど書斎にいたので、送られてきたＰＤＦをプリントしていたようだ。

「たくさんあるんですね」

「いいと思った物件があれば、近いうち内見に行こう。ピンと来なければ探してもらうから」

「はい」

一枚一枚見ていくがどれも分譲住宅で、信じられないくらい高い。一生の買い物なので、慎重に検討していかなくては。

住む地域によっても、成長した子供にとって幼稚園や小学校などに通いやすいか、新さんも通勤があるし……。

「新さんが空港に行きやすい場所じゃないと……」

「そうだな。でも俺は車だし、大事なのは君や子供が住みやすいかだ」

これをきっかけにパイロットを辞職することを言ってくれるかもしれないと思い、話をふってみたが、新さんは柔らかく微笑《ほほえ》みを浮かべただけだった。

やっぱり今はまだ私に知らせないつもりなのね……。

物件の間取りへ視線を落とす。

「低層階マンションも素敵《すてき》ですね。一軒家もいいですが、セキュリティがしっかりしていると安心感もありますし」

「戸建ては庭があるのがいいが、マンションでも広いベランダがあれば子供を遊ばせられるな」

「はい。迷ってしまいますね」

しばらく物件を見ながらふたりで色々話をしたのち、ベビー用品を買いに出掛け、その帰りに日本橋《にほんばし》の高級ホテルのイタリアンレストランで食事をして帰宅した。

今回はベビーベッドやベビーカー、チャイルドシートなどの大物を購入し、まとめて明日届けられる。

その他にもベビー布団や哺乳瓶、赤ちゃんに必要なものも選んだ。

赤ちゃんの性別はあえて聞かないことにしており、産着やカバーオールはホワイトとレモンイエローにした。

子煩悩《こぼんのう》になるであろう新さんは、赤ちゃんが生まれたらまた買いに来ればいいと言って。

大物以外は持ち帰り、新さんの前でホワイトの襟もとにフリルが入ったカバーオールをセロファン紙から出す。

「新さん、かわいいですね」

「ああ。こんなに小さい服を着るんだな」

「あ、パパの声に反応したみたいです」

内側からポコンと蹴《け》られる。

新さんはうれしそうに頬を緩ませ、私の腹部に手のひらを当てる。

「本当だ。だいぶ激しく動くようになったみたいだ」

「そうなんです。痛いくらいのときもあります」

すると、新さんは腹部を撫《な》で「ママを困らせてはだめだよ」と、優しく話しかける。

徐々に赤ちゃんのものが揃《そろ》ってきて、あと三カ月弱で母親になるのだと思うと、ワクワクする気持ちと、責任も伴《ともな》うので気の引き締まる思いだ。

新さんのフライト最後の日が来なければいいのにと思っていたけれど、あっという間に六月二十八日になってしまった。

羽田空港を十一時に離陸し、香港へは十四時四十五分に到着する便だ。そして翌日十四時に香港国際空港を出発する。

それが新さんのラストフライト。

「では行ってくるよ」

玄関で見送る私を新さんは抱きしめて唇を重ねる。

毎回送り出すときと同じで、新さんに緊張や悲しみ、落ち込んだ様子はなく、いつもと変わらない。

「いってらっしゃい」

私の方が送り出す声が震えそうだ。

「ああ。今回は香港だ。お土産のリクエストは？」

「んー、今は思い浮かばないです」

「わかった。欲しいものがあればメッセージを送って」

新さんはもう一度キスを落として離れる。

「はい。気をつけてくださいね」

「行ってきます」

笑みを浮かべた彼はキャリーケースのハンドルを握り、玄関を出て行った。

ドアが閉まると同時に、急いでダイニングテーブルへ戻り、食器を運んで食洗器に入れる。

まだ七時三十分なので十一時出発の便には余裕があるが、きちんと片付けや掃除をしてから出掛けたい。

今日はハウスキーパーが来ない日だ。

掃除機をかけてから出掛ける支度をした。

久しぶりの空港の喧騒は、どこか懐かしい。
出発案内などのアナウンスを聞くと、なぜかいつもワクワクする。
これから旅行に出掛ける人たちが、何人も楽しそうに私の横を通りすぎる。
小さな子を連れた夫婦もいて、自分と新さんもあんな風になるのかなと重ねながら、
ジャパンオーシャンエアーの香港便のチェックインカウンターへ歩を進める。
パスポートをバッグから出して渡そうとしたとき、係のGSの女性から「あ！　斎《さい》

穏寺《おんじ》さん」と、驚きの声がした。

よく見れば、座学研修をしたときにいたハートスカイジャパン航空のGSだ。ジャパンオーシャンエアーのチェックインカウンターで、実地研修をしているのだ。

「お疲れさまです。お願いします」

ちゃんとできているかインストラクターとしての目線で、彼女の動きを見てしまうが、テキパキと端末を操作して、予約を確認しているので安心だ。

「お荷物は機内持ち込みだけですね。こちらに書いてあるものは入っていませんか？」

機内に持ち込めないものが書かれてあるボードを見せられる。

「ないです」

落ち着いた対応でスムーズにチェックインが済んだ。

パスポートとボーディングパスを返される。

「ありがとうございます。上出来だと思います。頑張ってくださいね」

そう声をかけてチェックインカウンターを離れ、保安検査場へ向かった。

香港までは四時間以上かかるので、ゆったりしたビジネスクラスを選択した。

荷物を上部にある共用収容棚に入れようとすると、ＣＡがやって来てしまってくれる。

「御用の際には、なんなりとお声掛けください」

「ありがとうございます」

笑顔でお礼を言って、座席に腰を下ろす。

ジャパンオーシャンエアーの最新の機体は、ビジネスクラス一席一席が半個室のようになっており、ラグジュアリー感があってゆったりとしている。

LCCのうちとは大違いだわ。

ハートスカイジャパン航空のビジネスクラスは、エコノミークラスより若干広めだが、半個室のようにはなっておらず並んで座るので、ラグジュアリーとはほど遠い。

CA《キャビンアテンダント》のアナウンスが入り、シートベルト着用サインも点いたので、もうそろそろ動き出すようだ。

新さんの操縦だ。

しっかり心に刻もう。

『ご搭乗の皆様、おはようございます。本日はジャパンオーシャンエアー五三五便をご利用くださいまして誠にありがとうございます。当機の機長は斎穏寺、私は客室を担当いたします木村《きむら》でございます』

新さんの名前が出て心臓が跳ねる。

ＣＡはシートベルトの諸注意や安全の話をしている。

『当機はまもなく東京国際空港、羽田を定刻にて離陸いたします。お締めのシートベルトを今一度ご確認ください。座席の背もたれ、テーブルなどは元の位置にお戻しください』

アナウンスが終わり、機体がトーイングカーによってプッシュバックを始める。

自力で後進できない航空機を、駐機スポットから誘導路まで押し出すのがトーイングカーの役目だ。

旅客機が誘導路までゆっくり動き、一度止まった。

ここから新さんの操縦が始まる。

飛行機に恐怖心はないが、新さんがこの大きな機体を動かすところを想像すると、胸がドキドキしてくる。

鼓動を暴れさせているせいか、おなかの赤ちゃんがグルンと動く。

ごめんね。窮屈《きゅうくつ》よね。

シートベルト着用サインが消えたら座席を倒そう。

ファーストクラスに乗ったことはないが、ＪＯＡの飛行機のビジネスクラスであれば多少造りが違うものの、同じくらい快適なのではないだろうか。

そんなことを考えているうちに飛行機は滑走路に出て、どんどんスピードを上げていく。

気づけば機体は青空に向かって上昇していた。

すごいわ……信じられないほど静かに離陸するなんて……。

数えきれないくらい飛行機には乗っているが、こんなに凄腕のパイロットは初めてだ。

新さんがもう操縦桿を握らないなんて、ＪＯＡは大損失だと思う。

『機長の斎穏寺です。ご搭乗ありがとうございます』

新さんの深みのある、よく通る声が聞こえてきた。

『当機は東京国際空港、羽田を定刻どおり離陸いたしました』

彼は上空三万五千フィートを飛んでいるなど、簡単に説明をしている。

『香港国際空港への到着時刻は十四時四十五分前後になる予定です。香港の天気は曇り、気温は三十度となっております。それでは到着までどうぞごゆっくりお過ごしください』

シートベルト着用のサインが消える。

あちこちからカチャカチャと、ベルトを外す音が聞こえてくる。

私も外したところでCAがやって来て「大丈夫でございますか？　何かお飲み物をお持ちしましょうか」と尋ねてくれる。

妊婦なので注意を払ってくれているのだろう。

「ありがとうございます。ではお水をいただけますか？」

CAは「すぐにお持ちいたします」と言って立ち去り、すぐに持ってきてくれ、テーブルを倒して置いてくれる。

この大きな飛行機を、乗客の安全を背負って、新さんが操縦をしている。

誇らしく思う気持ちと同時に、パイロットを辞めさせてしまうことへの申し訳なさでいっぱいになる。

本当に新さんはパイロットに未練は残らないの？

私のお父さんもハートスカイジャパン航空を設立する前はパイロットだったけど、自分の航空会社を作りたい信念があったから心残りはなかったと、以前聞いたことがある。

新さんの場合は自分がやりたい仕事ではなく、押し付けられた形だから、きっと本意ではない。

ひとえに私を助けたい一心で、彼は人生を変えることも厭《いと》わなかったのだ。

新さんからの深い愛に、私は応えられているのだろうか。

ふと占い師のおばあさんを思い出す。

愛している新さんのために私は何をすればいいのか模索しているが、おばあさんなら……。

香港は一泊のみで、明日の十四時の新さんが操縦する最後の便に搭乗する。唯《ゆい》ちゃんや美鈴《みすず》さんには今回は会わずに帰国しようと思っている。

こんな気持ちでふたりに会っても、楽しく話をすることはできないからだ。

四時間後、空だけだった景色が、下を見れば海を航行する船、緑の山々や高層マンション群が現れた。

残念だけど、もうそろそろ着いてしまう。

そう思ったとき、ＣＡのアナウンスが始まった。

『皆様、当機はまもなく香港国際空港に着陸いたします。ただいまの時刻は十四時四十分。天候は曇り、気温は三十度でございます。シートベルト着用サインが消えるまで皆様お席から立ちませぬようお願い申し上げます』

CAは日本語で挨拶《あいさつ》後、流暢《りゅうちょう》な英語で繰り返し、飛行機は着陸態勢に入った。

パーフェクトに着陸……できるに決まっているわね。

機体はほぼ振動を感じさせず着陸し、いつの間にか滑走路を走行している。

最高のパイロットなのに……。

旅客機は駐機スポットに向かっている。

新さんには見つからないだろうけれど、早く出なきゃ。


入国審査へ進み、入国を済ませる。

機内持ち込みの荷物だけなので、バッゲージのターンテーブルで待つことなく、税関を通り外へ出た。

案内板を見ることなくエアポート・エクスプレス乗り場へ足を運ぶ。そこから香港島の上環《ションワン》へ向かう。

JOAグループのホテルには泊まらず、上環の高級ホテルに予約を入れてある。

上環は世界一長いエスカレーターや高層マンションに囲まれている文武廟《ぶんぶびょう》、ウォールアートがたくさんあるハリウッドロードなどが有名だ。

ホテルにチェックインして部屋に入ると、どっと疲れを感じてベッドに横になる。

ずっと座っていたからおなかが張っていて、ペールグリーンのマタニティウエアの上から撫でる。

「ごめんね。いつもと違うから疲れちゃったでしょう」

新さんの滞在ホテルから、そう離れていない場所にいるのに会いに行けない。

私は日本にいることになっているから、連絡がつかず心配をかけないように偽装工作もしなくてはならない。

スマートフォンのメッセージアプリを開いて、新さんのアイコンをタップする。

【お疲れさまです。お土産ですが、エッグタルトをお願いします。急に食べたくなりました】

クルーたちは到着後のデブリーフィングがあるので、まだホテルに到着していないはず。

通常一台のバスで空港からホテルまでの送迎だ。

すると、すぐに送ったメッセージが既読になる。

【変わりはないか？　わかった。エッグタルトだな】

【はいっ、お願いします】

メッセージを返して、彼から「ＯＫ」のスタンプが押された。

翌朝、以前も訪れたことのあるおいしいお粥《かゆ》が食べられる店で朝食をたっぷりとる。お米の形がないくらいにトロトロのお粥は、魚介類の出汁がおいしく消化にもいい。だけど店内は狭く相席で食べるので落ち着かない。

食べ終えてすぐ店を出ると、人気のお粥店だけあって、外で待つ人たちが並んでいた。

電車に乗り、占い師のおばあさんの所へ向かう。

今日は晴れていて暑い。

ベビーピンクのTシャツに、ゆったりとしたクリーム色のサロペットスカートを着ているが、腹部に妊婦帯を巻いているのでさらに暑いのだ。

妊婦ガードルもあるが、犬の日に神社でもらった妊婦帯がしっくりいって心地よくて使用している。

いくつかの占いブースがあるが、あのおばあさんのところは三人並んでいた。三十分ほど待って順番が来る。

『お願いします』

広東語《カントン》で挨拶をする。

『おや、今日は何を知りたいんだね?』

おばあさんは、私の頭からふくらんだ腹部まで視線を動かす。

今日は……？　私が以前来たことを覚えているのだろうか。

『あの、以前――』

『もちろん覚えているよ。流暢に広東語を話す日本人は珍しいからね。今年の前半に生活が変わっただろう？　それに結婚も。まあ座りなさい』

おばあさんの視線が私の左手の薬指を見る。

あのときのことを覚えているおばあさんに、驚くと同時に何か神がかり的なものを感じてしまう。

私はマリッジリングに触れてから口を開く。

『はい。おばあさんの言葉どおりになりました』

すると、おばあさんはうれしそうに破顔する。

『幸せだろう？　最高の男性が夫になったんだから』

『私は幸せですが、彼を……夫を不幸にしてしまって……』

『なに、夫が不幸だと言ったのかね？』

『え……？　いいえ』

『夫は燃え盛る火の中でも飛び込めるほど妻を愛している。あなたの笑顔が彼の幸せ』

『私の笑顔……』

『夫に会ったらまず〝愛してくれてありがとう。愛している〟と言うんだよ。彼にはその言葉だけでいいんだ』

もちろんその言葉は会ったら絶対に言う。でも……。

首を左右に振る。

『最初に謝らなければならないんです』

『何を謝る？　彼が決めたことだろう？　夫はそんな言葉が欲しいわけじゃない』

そう言ってからおばあさんは皺《しわ》のある顔に笑みを浮かべる。

『利発的なかわいい子が生まれる。あなたの周りに三人の子供が見えるよ。幸せな家庭だ』

思わず腹部に手を当てる。

『彼の大事なものを犠牲にした私は……幸せになっていいんですね？』

『もちろんだよ。毎日そう思って暮らすんだよ。事実、幸せだろう？』

思い悩んでいたものが、スーッと消えてなくなるような感覚だった。

『幸せだと思っていたんです。彼の犠牲を知るまでは。でも……はい。おばあさん、私はとっても幸せです。ありがとうございました』

『もう私のところへ来る必要はないはずだ。気をつけて帰りなさい』

前回、唯ちゃんを見てもらったときに、私の代金はいらないと言ってくれたときの分も包み、『お礼なので』と言っておばあさんに手渡しその場を離れた。

占い師のおばあさんの言葉は心に響いたが、実際に新さんと顔を合わせるまでわからない。

でも、憑《つ》き物が落ちたような感覚はたしかだ。

今なら唯ちゃんに会っても大丈夫な気がして、空港に着いてからハートスカイジャパン航空のチェックインカウンターへ行ってみることにした。

いないかもしれないが、それはそれでかまわない。

そう思っていたが、唯ちゃんは相変わらず元気に仕事をしていた。

チェックインを待つ人がいなくなってから近づく。

「唯ちゃん」

「心音《ここね》ちゃん！」

突然現れた私に彼女は驚いて、カウンターから出てきた。元同僚もいて笑顔で挨拶《あいさつ》する。

「わぁ、おなかが大きい～」

「七カ月よ」

「今着いたところ？　心音ちゃん、さらに綺麗《きれい》になってる」

「ううん。昨日来て、これからＪＯＡで帰るの」

「ええっ、昨日？　連絡してくれれば良かったのに。三人で暮らしていたときが懐かしいねって、昨日も美鈴さんと話していたのよ」

「ごめんね。事情があって。唯ちゃん、元気そうで良かった」

残念そうな唯ちゃんに顔の前で、両手を合わせて謝る。

「事情があるなら仕方ないか。あ、そうそう、南の海上で台風が発生して日本に近づいているから今日は揺れるかも。今のところ運航には影響がないけど」

「ありがとう。美鈴さんにもよろしく言っといてね」

「今度東京に遊びに行くね。忙しくて有休が取れなくて。いつもＳＮＳのかわいいカフェメニューに指をくわえてるの」

「ふふっ、唯ちゃんは相変わらずね。出産予定日は九月二十八日なの。それまでならカフェに付き合えるわ。じゃあ」

バイバイと手を小さく振って、ちょうど現れたお客様と入れ替わりに、その場を離れた。

ＪＯＡのカウンターでチェックインを済ませ、搭乗ゲートのズラリと並んだ椅子《いす》に座る。クルーたちはもうすぐ現れるはずだ。

万が一を考えて、姿を見られないよう通路から離れた椅子で、クルーの先頭を歩く新さんを見よう。

現在の時刻は十三時を回ったところだ。

少しして颯爽《さっそう》と歩く新さんと副操縦士の男性、後ろからＣＡが続く集団が現れた。

今日が新さんのラストフライト。

どんな瞬間も見届けたい。

搭乗アナウンスが入り、ゲートを通過して機内へ歩を進める。

ビジネスクラスに座ったところで、行きと同じＣＡがやって来た。

私はすぐに昨日と同じＣＡだとわかったが、乗客なんてたくさんいるので、いちいち顔を覚えていられないだろうと思った矢先、彼女に「本日もお水でよろしいでしょうか？」と尋ねられた。

「はい。お願いします」

「すぐにお持ちいたします」

CAは笑顔でそう言って離れていく。

香港へ一泊二日の妊婦を不思議に思っているかもしれない。

通路を挟んだ隣に女性と男の子が座った。

小学一、二年生くらいの男の子で、有名テーマパークのぬいぐるみを抱えている。

男の子が通路側に座り、母親に向けて楽しそうに話していて微笑《ほほえ》ましい。

占い師のおばあさんは、私に三人の子供が見えると言った。まるっきり信用するわけではないけれど、そうなったら幸せだ。

『夫は燃え盛る火の中でも飛び込めるほど妻を愛している。あなたの笑顔が彼の幸せ』

その言葉が頭から離れなかった。

二十分後、定刻より十分遅く機体が動き始める。

変わらず新さんの離陸は滑らかで素晴らしい。

そう思うと、胸が締めつけられるように痛んだ。

飛行してから一時間くらいが経ち、機内食が出される。今日はお粥しか口にしていないのに、帰宅して新さんと顔を合わせるのが気になって食べられない。

ＪＯＡの機内食は見た目も美しく、おいしいのだが。

はぁ……。

羽田空港到着まで残り一時間三十分くらいのところで、「ポーン」とシートベルト着用サインが点灯した。

そして機体が揺れ始める。

『皆様にご案内いたします。ただいま気流の不安定なところを通過中でございます。ご着席の上シートベルトをしっかりとお締めください』

お尻からグラグラと横に揺れる。

客室乗務員もアナウンスをしてから専用の座席に座りベルトを装着している。

これくらいの揺れは乱気流では当然だし、新さんが操縦桿を握っているのだから不安はない。

そのとき、ググーッと機体が大きく下がった。その瞬間、後ろのエコノミークラスの方から悲鳴が聞こえる。

揺れるたびに聞こえる悲鳴は、他の搭乗客の不安を煽《あお》るものでしかなく、まだかなりの揺れが続いている。

窓の外へ目をやると、黒っぽい雲に覆《おお》われていた。

これだけ下がると怖いのはわかるが、新さんが操縦桿を握っているのだ。私には安心感しかない。

そのとき、アナウンスが入る。

『機長の斎穏寺です』

新さんだ……。

夫の声にドキドキするが、きっと私は何年経っても変わらない反応をするだろう。

『皆様、この先さらに大きな揺れが予想されますが、飛行の安全性にはまったく問題はございません。あと十分ほどで抜ける見込みでございます。安全のため、シートベルトを今一度お確かめください』

ＣＡの言葉よりも機長の方が乗客は安心する。

揺れるたびに不安な声が上がっていたが、新さんの落ち着いた声のアナウンスで静かになった。

妊娠をしているせいか、揺れに少し胃がおかしくなってきている。

みぞおちのあたりに手を置いたとき、通路を挟んだ席の男の子が「あ！　ぬいぐるみ！」と大きな声で叫《さけ》ぶと、いきなり座席を立って通路に出た。

「ぼく、危ないわ！」

機体が大きく下降したら、男の子が天井にぶつかるなどして、どんな怪我をするのかわからない。

慌てて手を伸ばし、転がるぬいぐるみを追いかけようとする男の子の腕を掴《つか》まえて引き寄せる。

次の瞬間、機体が今までよりもさらに下降し、一瞬、男の子の体がふわりと浮く。

「優《ゆう》君！」

母親が叫び声を上げる。

優君が離れないようにギュッと抱え込む。男の子も恐怖を覚えたのか、強い力でしがみつかれ腹部が圧迫された。

そこへCAがシートに掴まりながら現れ、子供を引き取ってくれる。

「お客様、ありがとうございます」

私にお礼を言ったCAは、揺れで足元がおぼつかないながらも優君を席に座らせ、シートベルトを装着した。

母親も「すみません。ご迷惑をおかけしました」と私の方にも顔を向けて平謝りだ。

「ぼく、揺れが収まったらぬいぐるみを拾うから待っててね」

「ごめんなさい……」

優君がシュンと謝り、CAはにっこり笑ってから、座っていた座席へ戻っていく。

良かった……。

ひと息ついて先ほどから、固く張り始めたおなかを擦る。

男の子を抱きしめたときに、強く圧迫してしまったせいだろう。

大丈夫。すぐ治まるわ。

数分で揺れが完全に収まり、シートベルト着用サインが消えると同時に、ベルトを外して座席を倒す。

ブランケットをおなかにかけてゆっくり擦る。

CAがやって来て、少し先の通路に転がるぬいぐるみを拾って優君に渡すと、私の方へ向く。

「お客様、お怪我はございませんか？　もしかして、おなかの張りがあるのでしょうか？」

ブランケットをかけているが、おなかを擦っているのがわかってしまったようで、素直に「はい」とうなずく。

「大丈夫です。少し休んだら治まると思います」

「もう少しブランケットをお持ちします」

CAはいったん私のそばを離れて、ビニール袋に入ったブランケットを持ってきた。

「ありがとうございます」

「何かありましたらお呼びください」

CAがその場を離れると、瞼《まぶた》を閉じてゆっくり深呼吸をする。

何度か繰り返しているうちに、おなかの張りがなくなっていき、ホッと胸を撫で下ろした。

『当機はあと十分で東京国際空港、羽田に到着いたします。到着予定時刻は十八時二十分。天候は雨、気温は二十五度でございます。シートベルト着用サインが消えるまで、皆様お席から立ちませぬようお願い申し上げます。本日はジャパンオーシャンエアーをご利用いただきありがとうございます。またのご搭乗をお待ち申し上げております』

アナウンスが入り、これで新さんのフライトが終わってしまうのだと思うと悲しくなってきて目頭が熱くなる。

『機長の斎穏寺です。本日はご搭乗ありがとうございました。悪天候の中、皆様のご協力に感謝申し上げます。まもなく東京国際空港、羽田に着陸いたします』

新さんのアナウンス……。

『私事で恐縮ではございますが、本日が私のパイロット生活最後になります。香港は愛する妻と出会った最高の幸せをもたらした場所です。その場所からパイロット人生最後に操縦桿を握ることができ、良き思い出になりました。妻とそして生まれてくる子供と一緒に、今度は乗客としてJOAで香港を訪れたいと思います』

新さんがこんなアナウンスをするなんて……。

絶対に泣いちゃだめだと決めていたのに、新さんの気持ちを知り涙腺が決壊した。

普段はクールで私事なんて絶対に口にしなさそうなのに。

彼は私に出会えたことを幸せだと思ってくれている。

『最後になりましたが、皆様のおかげでジャパンオーシャンエアーは運航させていただいております。これからも誠心誠意、乗務員一同頑張ってまいりますので、よろしくお願いいたします。本日はご搭乗ありがとうございました』

あちこちから拍手が聞こえてきた。

新さんのアナウンスが終わっても涙は止まらなくて、前の座席に取りつけられた画面の映像がぼやけてしまう。

そこには飛行機に取りつけられたカメラからの映像が映し出され、滑走路の様子が見える。

ハンカチで涙を拭《ふ》いて画面に目を凝らす。

青と緑の誘導灯がどんどん近づいてくる。

これが最後の着陸……。

呼吸をするのも忘れ、新さんの操縦する旅客機が滑走路に羽を下ろすのを見守った。

揺れも振動もほとんど感じさせない完璧な着陸だった。

新さんは今どんな思いなのだろう……。

目を瞬《またた》いて涙がこぼれないように堪《こら》える。これ以上泣いたら目が赤くなって、入国審査官をまともに見られなくなる。

涙を止めようと努力しているうちに、旅客機は駐機スポットに停止し、シートベルト着用サインが消えた。

乗客がいっせいに立ち上がり、荷物棚から荷物を下ろしたり、通路に出たりするので、座席から動けなくなる。

早く降りなきゃ。

そう思うのに、新さんの最後のフライトの余韻《よいん》を消し去りたくない気持ちもあり、まごまごしていると、ビジネスクラスの通路が少し空いて今まで対応してくれていたCAがやって来た。

「お客様、今はエコノミークラスのお客様で混雑していますので、もう少しお待ちになった方がよろしいです」

おなかを気にして言ってくれているのだろう。

「ありがとうございます。大丈夫です。お世話になりました」

早くここを出なければ新さんがコックピットから出てくるかもしれない。

またおなかが張るかもしれないと考えると、ゆっくり動いた方がいいはずだが、すっくと立ち上がる。

CAが上部の棚からバッグを取り出し、渡してくれる。

「すみません」

「お気をつけてお帰りください」

微笑みを浮かべ丁寧に頭を下げたCAは、機体の前の方へ去っていく。

ビジネスクラスで残っている乗客は数えるほどだが、エコノミークラスの乗客はまだ通路に並んでいる。

乗客を見送るCAに軽く頭を下げて飛行機から降りた。

おなかが張らないように、念のためのろのろと歩を進める。

到着した便が多いのか、入国審査は列をなしており、そのうちの一列に並ぶ。

家で新さんを笑顔で出迎えよう。そしてちゃんと話をしよう。

入国審査が終わって税関を通り、到着ロビーへ出てタクシー乗り場へ向かう。

そのとき――。

「――音！」

背後から誰かに呼ばれた気がしたけれど私であるはずがなく、そのまま歩を進めるが「心音！　心音、待つんだ！」と、今度ははっきり私を呼ぶ声が聞こえてきてギクッと立ち止まる。

「心音！」

いつもは深みのある心地よい声に、焦《あせ》りが交じっている。

もう一度呼ばれておそるおそる振り返ると、数メートル先に新さんがいて大股で近づいてくる。

「新さん……」

制帽にパイロットの制服姿の彼は荒く息をついている。

「心音、ありがとう」

その言葉が胸をつき、目頭が熱くなって、新さんの姿がぼやける。

「ど、どうして……お礼を言うんですか。私が言う言葉です。と、取らないでください」

涙を手で拭《ぬぐ》う私の目の前に立った新さんは両手を広げる。

「っ！　……新……さんっ！」

人目も気にせずに彼の腕に飛び込んでいた。新さんはおなかに気をつけながら私の背に腕を回す。

「悲しませてすまない。俺のラストフライトに一緒に乗ってくれてありがとう」

「知っていたんですか？」

行き交う人の邪魔にならないように端に寄り、新さんはポケットからハンカチを出して涙を拭いてくれる。

「ああ、知っていた。それより心音、おなかは大丈夫か？」

「はい。少しの時間、張りが強かったですが、今は大丈夫です」

「良かった。ゆっくり話したいが、一度戻らなければならない。カフェで待っていてくれるか？　一緒に車で帰ろう」

「ううん」

首を左右に振る私に、彼は切れ長の目を大きくさせる。

「え？」

「一緒に帰りたいのはやまやまですが、タクシーで帰ります。夕食を作って家で待っていますね」

微笑みを浮かべると、もう一度そっと抱きしめられる。

「……わかった。タクシー乗り場まで送る」

新さんは私が持っていたバッグを持ち、一緒にタクシー乗り場へ向かった。


自宅に戻ってふぅと、息をつく。

この二日間が夢のような感覚だ。

手洗いとうがいを済ませ、キッチンに入り食材を冷蔵庫から出す。

出掛ける前に準備しておいた豚肉の味噌漬けとキャベツ、ナスなどを出して料理を始める。

新さんが私を追ってきたのは、私が飛行機に乗っていたことを知っていたから。

でも、いつ知ったの？

もしかして、あのアナウンスは私のため……？

料理を作り終わった頃、玄関のインターホンが鳴った。

キッチンを離れ玄関に向かうと、新さんが革靴を脱ぐところだった。

「おかえりなさい。ラストフライト、お疲れさまでした」

「心音。ただいま」

美麗な顔を緩ませ、新さんは私を抱きしめる。

「新さん……私を愛してくれてありがとう。私もあなたを愛しています」

彼は私を離して目と目を合わせると、漆黒の瞳に私が映っているのがわかるくらいに顔を近づける。

「心音。俺もだ。愛してくれてありがとう」

唇が重ねられ、軽く食《は》んでから離れる。

「おなか空いてますよね？　できたばかりです。食べましょう」

「せっかく急いで作ってくれたが、話をしてからにしよう。ソファで待っていて」

手を繋《つな》ぎながらリビングへ入り、新さんは洗面所へ行き、私は保温にしていたお味噌汁のスイッチを切りにキッチンへ向かう。

彼が戻って来る間、落ち着かなくてハーブティーを入れていると、Tシャツと綿のチノパンに着替えた新さんがキッチンへやって来る。

「ハーブティーを入れました」

「俺が持っていこう」

ふたつのカップを持った新さんはソファへ歩を進め、私も後をついて行く。

並んでソファに座り、大きく息を吸ってから口を開く。

「新さん、機内アナウンスの言葉、うれしかったです。私が乗っていることを知っていたんですね」

「ＣＡから、昨日と同じ妊婦の女性が乗機していて、通路に出た子供を助けた際に腹部を圧迫し、おなかが張っているようだと連絡があったんだ。万が一の場合は医者を探さなければならないからな。まさか心音じゃないかと、搭乗者リストを確認した。君の名前があって心の底から驚いたよ。乗客を助けてくれてありがとう。心音が助けなければ大事故にも繋がったかもしれない」

あのＣＡが新さんに報告していたようだ。

「ぬいぐるみを落としてしまって、慌てて拾いに行こうとしたところをとっさに手が伸びたんです」

「ああ、さすが心音だと思った」

新さんは私の手を大きな手で包み込んで微笑む。

「……インストラクターをしていたとき、私のためにパイロットを辞めることになったと、お義父様の秘書の東原《ひがしはら》さんから聞いたんです。そのあとすぐに、お義父様から話を伺って……正直困惑以上のものがありました」

「家に帰る途中、父に電話をして話を聞いた。心音、この件は君のせいじゃない。兄が亡くなってからずっと考えていたことだ。いつかはパイロットを辞め、父の跡を継がなければと思っていた」

新さんは私の頬を手のひらで包み、親指の腹でそっと撫でる。

「逆に跡継ぎの件を持ち出して、ハートスカイジャパン航空を救うことができ、心音と結婚もできた。さらにこれから俺と君の赤ちゃんも生まれてくる。俺には得ばかりなんだよ」

「新さん……だけどちゃんと話してほしかったです。パイロットを辞めると聞いたときはショックでしたが、教えてくれた東原さんに今は感謝しています。そのおかげで最後のフライトに乗ることができたから。知らなかったら、新さんが操縦桿を握る飛行機に一度も乗れなかったことになります」

今日のフライトは一生忘れることはないと、言い切れる。

「……そうだよな。話さずにすまなかった。君がどんな思いで乗っていたかと思うと胸が痛い」

謝られてしまい、慌てて首を左右に振る。

「新さんは私を悲しませないようにしてくれたんですから理解しています。でも、本当に最後のフライトに乗れて良かった。数多く飛行機に乗っているけれど、一番素晴らしい操縦でした」

すると、新さんはクッと喉の奥で笑う。

「乱気流で大変な目にあったのに？」

「新さんが操縦桿を握っているから安心していました。新さんだから、あれだけの揺れで済んだんだと思います。本当に……お疲れさまでした。私は愛するあなたが誇《ほこ》りです。出会った頃よりももっとずっと愛しています」

言い切ってから、恥ずかしくなって目を伏せる。

「しょ、食事を」

ソファから腰を浮かすと、新さんに引き寄せられる。

「心音……ありがとう。俺も優しい君を誇りに思っている。愛しているよ。これからは頻繁に留守にすることもなくなるから、おなかの赤ちゃんのことを学べるし、君たちをそばで見守れる」

「はいっ。とても心強いです」

「心音」

顎を長い指ですくわれ、唇が重ねられる。

全身全霊で愛してくれている新さんが、胸が痛いほど愛おしい。

食後、キッチンで後片付けをしていると、新さんが背後から抱きしめ優しい手つきでおなかを撫でる。

「一緒に風呂に入ろう」

耳元で心地よい滑らかな声色で囁《ささや》かれ、胸がトクンと高鳴る。

「お、お風呂は……恥ずかしいです」

「恥ずかしがらないでくれ。俺の子供がいる姿を見せてくれないか？」

愛しげな眼差《まなざ》しで乞《こ》われてしまえば、断ることなんてできない。

「じゃ、じゃあ……先に入っていてください」

「わかった」

新さんは髪に口づけてバスルームへ向かう。

おなかのふくらみがまだ目立たないときは、一緒に入ったときもあったが……。

新さんが知っている姿じゃないから驚かれるのではないかと躊躇《ちゅうちょ》する。

だけど彼は、「俺の子供がいる姿を見せてくれないか」と言ったのだ。

以前、立ち合い出産を新さんは希望していたから、もっと恥ずかしいところを見せてしまうだろう。

バスルームへ歩を進めて服を脱ぎ、「入りますね」と声をかけドアを開けた。

新さんは気を遣ってバスタブの中で背を向けていてくれている。

ここのバスタブは大人がふたり入っても余裕があって、かけ湯をしてからそっと彼の背の方へ体を沈める。

「新さん……」

呼び掛けると、彼は背後にいる私のおなかにぶつからないよう体を動かして向き合った。

湯船に胸元まで浸かっているが、こうして一緒に入るのは久しぶりすぎて恥ずかしいけれど、喜びも感じる。

「心音と赤ちゃんを大事にしすぎて、こういった時間を過ごすのを避《さ》けていた」

「その気持ちはわかっていましたよ。あ、触って。赤ちゃんが動いてますよ」

新さんの手を取り、自分の方へ引き寄せる。彼の手のひらがおなかに当てられる。

「わかりますか？　すごく元気に暴れてます」

ふくらんだおなかの内側から、なぞるように動いている。

「すごい、元気だな。そうだ、おなかが張ったのは今日だけ？　心配だ」

「今日が初めてです。しばらくしたら治まったので心配はいらないです。来週検診がありますし」

「俺も検診に付き添いたいが、確実に行けるかわからない。同行できない場合は、今日のことはちゃんと先生に話すんだよ」

「はい。そうしますね。この体勢じゃ触りにくいですね」

体をクルッと反転させて新さんに背を向ける。

後ろから抱え込まれるようにして、おなかに手が置かれる。

蹴《け》っているのか、まだポコンポコンと動いているのがわかる。

「新さん、明日から仕事はどうなるんですか？」

「明日は休みで、一日から出勤だ。父の下で働く。ハートスカイジャパン航空の就航セレモニーにも出席する。心音は元々出席するつもりだろう？　夫婦で出席しよう」

新さんの唇がうなじに触れるのを感じながら、私は「はい」とうなずく。

明後日の七月一日は、ハートスカイジャパン航空の羽田―ソウル便の、週四便就航祝いのセレモニーが空港である。

フライト時刻は二十二時三十分羽田空港発、仁川《インチョン》国際空港へは翌日零時五十分着だ。

それから二時間後、同機で羽田に向けて出発する。

金曜日の仕事を終わらせてから韓国《かんこく》へ向かい、週末を韓国で楽しんでから日曜日の真夜中に出国すれば、月曜日の朝から仕事へ行ける。

就航記念で格安で乗れるし、学生はこれから夏休みだ。社会人は週末を最大限に使えるので、現在二カ月先までほぼ満席だと父から聞いている。

「はい。夫婦で初めての行事ですね」

「そうだな。家族の顔合わせや、結婚式の日取り、新しい家探しや引っ越しもあるから、心音の体に負担にならないよう決めていこう」

「やることが目白押しですね」

口元を緩ませて少しだけ顔を後ろに向けると、唇が甘く塞《ふさ》がれた。

# 十、満たされた出産

『この度はハートスカイジャパン航空、東京《とうきょう》国際空港、羽田《はねだ》―ソウル線の就航セレモニーにご出席くださり、ありがとうございます』

ハートスカイジャパン航空の社長である父が、大勢の前でスタンドマイクを使い挨拶《あいさつ》する。

マスメディアが数局来ているので、カメラを向けられている父はいささか緊張した面持ちだ。

出席者は空港関係者やハートスカイジャパン航空の重役はもちろんのこと、JOAグループ総帥である義父をはじめ、重役たち。東原《ひがしはら》専務取締役も出席している。

そしてパイロットの制服姿ではない、スタイルの良い体にフィットしたチャコールグレーのスーツを身に着けた、堂々としたいで立ちの新《あら》さんがいる。

JOAグループのそうそうたるメンバーで華やかだ。

私はハートスカイジャパン航空のコーポレートカラーである、ペパーミントグリーンのワンピースのマタニティウエアを着ている。

新さんが身に着けているネクタイはレモンイエローの綺麗な色で、ハートスカイジャパン航空のコーポレートカラーのひとつ、昨日デパートで新さんが選んだのだ。

父のあとに、JOAグループを代表で義父が挨拶をし、テープカットセレモニーだ。七人ほどがテープの前に並ぶ。私も新さんの隣でテープに鋏《はさみ》を入れた。

私から義父へ、東原秘書から父へ花束贈呈でセレモニーは締めくくられた。

現在の時刻は十六時になろうとしているが、搭乗客のチェックインは二十時からなので、私はいったん自宅へ戻ってから再訪する予定だ。

就航セレモニーが滞りなく終了し、出席者の面々に本日のお礼の挨拶を済ませたとき、「心音《ここね》ちゃん！」と背後から声がした。

「唯《ゆい》ちゃん！」

振り返ると唯ちゃんがニコニコして立っていた。

「びっくりした？」

「もちろんよ。一昨日何も言っていなかったから」

軽くハグをして、彼女を見やる。

「驚かそうと思って内緒にしていたの。伯父様――社長から一カ月応援に来てほしいと言われて飛んできたのよ」

「そうだったのね。唯ちゃんが入ってくれれば心強いわ」

「もしかして心音ちゃん、そのおなかで手伝おうと思っていた？」

「一カ月実地研修を受けたとはいえ新人が心配で。成田《なりた》のGS《グランドスタッフ》の応援も断っちゃっていたし」

そう言った途端、唯ちゃんが顔を顰《しか》めて首を横に振る。

「だめだめ。私に任せて」

「でも……」

「心音ちゃんは責任感が強いから……じゃあ、今日だけはどうかな？　ちゃんとやっているところを見れば安心でしょう？」

唯ちゃんに諭されているところへ、向こうで話をしていた新さんがやって来た。

「心音。こちらの女性が唯ちゃんだね？」

「はいっ、以前は助けてくださり、ありがとうございました」

唯ちゃんはにっこり笑って頭を下げる。

香港《ほんこん》のチェックインカウンターで、アップグレードをしろと騒がれたときの話だ。

「新さん、唯ちゃんが一カ月、香港から応援に来てくれたの。お父さんが頼んだみたい」

「心強いじゃないか」

「任せてくださいっ」

新さんの言葉に、唯ちゃんは胸を張って大きくうなずく。

「心音ちゃんは生まれてくる赤ちゃんのことだけを考えてね。斎穏寺《さいおんじ》さん、そうですよね？」

「そうしてほしいが、心音はそれではだめだろうな。今は今日の第一便を無事に出発させることしか頭にないはずだ」

「さすが新さんですね」

私のことをわかってくれる素敵《すてき》な旦那様だ。

微笑《ほほえ》みを浮かべて見つめ合う私たちに、唯ちゃんは「えーっと、お邪魔みたいですね……」と、困惑している。

「邪魔じゃないわよ」

急いで否定し、新さんが続ける。

「唯ちゃん、良かったら休みの日は家に遊びに来てくれないかな？」

「え？　いいんですか？」

「もちろん。心音が楽しければ俺もうれしいから」

「いや～ん。もう、当てられっぱなし～」

熱くなったのか、唯ちゃんは両手を頬に当てた。


その夜、ハートスカイジャパン航空の韓国《かんこく》線の第一便は、無事に羽田空港を離陸した。中でも唯ちゃんの働きはきびきびしていて、彼女が成長しているのがわかって、うれしく思う。

展望デッキから、ソウルに向けて飛び立つ機体を眺《なが》めていたところへ、雨がポツポツと降ってきた。

「心音」

背後から新さんの声がして、私の頭上に傘が差される。

一度家に戻ってカジュアルな服に着替えた彼だ。迎えに来ると約束をしてくれていた。

「おめでとう。これで一安心だな」

「ホッとしました。新さん、ありがとうございます。今日のお父さん、とても幸せそうでした。もちろん私もです。新さんやお義父様に感謝しています。会社にとって今年はものすごい飛躍の年になっています」

「感謝なんていらない。俺も自分のことのようにうれしいよ。雨が強くなってきた。早く家に帰ろう」

「はいっ」

濡《ぬ》れないように新さんの手が肩に回り、私たちは寄り添って展望デッキを離れた。

パイロット生活を終え、父である総帥の下で働く新さんは毎日多忙を極め、帰宅は二十三時を過ぎるのが大半だ。

その分、週末はしっかり休み、私との時間を大事に過ごしてくれた。

家の内見をして決めたり家族の顔合わせを済ませたりで、あっという間に九月に入っている。

新しい家は湾岸エリアの現在建設中の新築低層階マンションで、近くにはスーパーマーケットや大型ショッピングモール、インターナショナルスクールなどもあって、利便性は高い。

新さんの職場までも車で十五分と、立地条件が良かった。

十二月の入居が待ち遠しくもある。

先週から妊娠後期に入り、九月二十八日の出産予定日まであと三週間。

おなかもかなり大きくなっていて、少し張りやすくなっている。

正期産の三十七週なので、いつ生まれてもおかしくないところまできている。

今朝はおなかがチクチクしており、胎動も静かだ。

出勤を玄関で見送るため、新さんの後ろをついて行く。

新さんはピカピカの革靴に足を通してから、くるりと振り返る。

「今夜も取引先と食事会があって遅くなるよ。心配だから、帆夏《ほなつ》に来てもらおうか」

「ううん。帆夏ちゃんは大学生ですよ。友人と出掛けるかもしれないのに、声をかけたら気の毒です」

「帆夏は君が大好きだから、いつでも呼んでと言っていたが？」

「だとしても急な呼び出しはだめです。少しでもおかしいと思ったらタクシーを呼びますから。いってらっしゃい」

新さんを仰ぎ見ると、唇がちゅっと重ねられる。

「いってくる」

私にそう言ってから、新さんはおなかに手を置いて「ママを困らせてはだめだよ」と声をかけて玄関を出て行った。

「少しおなかが張ってるかな……」

両手をおなかの下から支えるようにしてダイニングテーブルへ戻り、食器をキッチンへ運ぶと、ベッドに戻って張りが治まるまで横になった。

三十分ほど経ち、張りは治まったが痛みが時々感じられる。

「これって、前駆陣痛……？」

痛みの間隔を測ってみるが、規則正しくはなく前駆陣痛であると思われる。

どのくらいで陣痛がくるのかわからないが、遅かれ早かれ出産は近づいているのではないだろうか。

入院の準備はバッグに詰めて用意してあるし、気持ちをゆったり持たなきゃね。

リビングのソファでテレビや本、タブレットなどを見ているうちに十七時になった。

これまで時々痛みに襲われたが、間隔はまちまちだ。

新さんから午前と午後に電話をもらったが、まだ確実ではなく心配をかけてしまうから、いつもどおりだと答えた。

そろそろ夕食の支度をしようかと、ソファから立ち上がりキッチンへ向かうところで、ふいにインターホンが鳴った。

モニターには帆夏ちゃんが手を振っている。

「お義姉様《ねえ》」

「いらっしゃい。どうぞ入って」

エントランスのロックを解除して玄関を開けて待っていると、帆夏ちゃんがやって来た。

「お義姉様、体調はどうですか？　お母様が心配していて。お弁当とバスクチーズケーキを持っていくように頼まれたの」

リビングに歩を進めながら帆夏ちゃんが話す。

「わざわざありがとう。少し陣痛なのかしら？　っていう痛みが何回かあったんだけど、今は全然で」

彼女はテーブルの上に、持ってきてくれた重箱と有名パティスリーのロゴが入っている箱を出した。

「ちょうど夕食の支度をしようと思っていたの」

三段の重箱を開けてみる。

一段は五目ずし、二段目は海老フライや唐揚げなどのおかず、三段目はポテトサラダが入っていた。

新さんが連絡をしているのか、お義母様《かあ》が作った料理をたまに帆夏ちゃんが持ってきてくる。

新さんの家には何人も使用人がいるが、お義母様は料理好きだ。

「どれもおいしそう！　早く食べたくなっちゃうわね。帆夏ちゃん、食べていける？」

「大丈夫です。お兄様、帰りが遅いんですもんね。あ！」

そこまで言って彼女は口に手を当てる。

つまり新さんが実家に頼んだということだろう。

「お兄様、毎日遅いってお父様が話していたんです」

慌てて取り繕う帆夏ちゃんに笑みを深める。

「隠さなくてもいいわ。ふふっ、心配性で素敵なお兄様よね？」

「……実はそうなんです。お義姉様の様子を見てほしいって」

「お義母様にお弁当まで作っていただいて、ご迷惑をおかけしてしまったわ」

実家の両親も時々様子を見に来てくれていたが、義理の両親や義妹の優しい気遣いがうれしい。

「いいえ、お母様はお料理が大好きなので、作るのがうれしいって言っていたので」

「本当のことを言うと、作るのが面倒だなって思っていたところに帆夏ちゃんが現れたってわけ。助かったわ。じゃあ、いただきましょう。飲み物を持ってくるわね」

「手伝います」

帆夏ちゃんが私の後を追ってキッチンへついてくる。

「悠人も帆夏ちゃんくらい気が回る子だったら良かったのに」

同い年になる弟と彼女だけど、帆夏ちゃんは比較にならないくらい家族思いでいい子だ。

「悠人さんはかっこいいですね」

「え？　帆夏ちゃん、目がおかしいわよ」

悠人は真面目な子ではあるけど、平均的な顔だと思う。

「そんなことないですよ。たしかにお兄様とは違うタイプだけど、食事会のあとに少し話したら優しかったです」

「それはきっと、帆夏ちゃんがかわいかったからよ」

緑茶をカップに入れてトレイに乗せると、帆夏ちゃんが「あ、私が」と持ってくれダイニングテーブルへ戻った。

食事後、ハーブティーを入れバスクチーズケーキを食べ始めたとき、治まっていた痛みが始まった。

思わずおなかを擦ってしまったので、帆夏ちゃんが様子がおかしいことに気づく。

「痛いんですね。陣痛でしょうか？」

「実は今日は痛みがまちまちで、でも……まだ違うと思うの」

小さく首を振るが、何回も痛みを感じて赤ちゃんは大丈夫なのかと心配になる。

「少し横になった方がいいんじゃないですか？」

「ありがとう。帆夏ちゃんは気にせずに帰ってね。新さんが戻ってくるまで、ひとりでも平気だから」

二十時を回っているので、あと三時間ほどで帰宅するはずだ。

「お義姉様、私のことは気にしないでください。タクシーで帰れますから」

「じゃあ……ケーキを食べたらちょっと横になるわね」

「はいっ」

痛みは消えてバスクチーズケーキを切って口に入れる。

「んー、おいしいわ」

赤ちゃんが下に降りたのか、ここ数日食べられるようになっていた。

「このお店、他のケーキもおいしいので、また別のお勧めを買ってきますね」

「ありがとう。それだったらお金を渡しておくわ」

「えー、それくらい大丈夫です。食べ終えたら早くベッドへ行ってください」

新さんに帆夏ちゃんへ、おこづかいを渡してもらおうと考えながら立ち上がる。

次の瞬間、ビクッと体が跳ねる。

脚の間に濡《ぬ》れた感触が……。

「どうかしましたか？」

「帆夏ちゃん、タクシーを呼んでくれる？　破水したかも……」

「わ、わかりました！」

彼女は手元のスマートフォンを手にアプリを開いている。私はお手洗いで破水を確かめる。羊水は少しずつ出ている感じだ。

新しい下着と生理用品をあてて、ベッドルームへ向かう。入院のために準備したバッグを持とうとしたとき、陣痛がやってきた。

先ほどより強い痛みで、ベッドに横になり、腕時計で時間を確認する。

そこへドアをノックする音がして、帆夏ちゃんが顔を覗かせる。

「お義姉様！　陣痛ですか？」

室内へ歩を進めて、ベッドで横になる私のところで屈《かが》みこむ。

「っ……、そうみたい……タクシーは？」

痛みで呼吸が乱れる。母親学級で教わった呼吸法をしなくちゃ。

「タクシーは五分で到着します。お兄様にも連絡しますね」

「ありがとう……」

「荷物はこれですね？」

床にある大きめのボストンバッグを示され、顔を歪《ゆが》ませながらうなずいた。


レディースクリニックについて診察を受けると、子宮口は三センチ開いていた。

だけど、出産までにはまだまだ時間がかかりそうだというのが、医師の見立てだ。

分娩ができる個室で、十分おきにくる陣痛の波に耐えている。

「お兄様、遅いわ」

「今日は大事な会食があると言っていたから。帆夏ちゃん、もう遅いわ。帰らないと」

時刻は二十二時三十分を回ったところだ。

「私は平気です。お兄様が来たら帰ります」

帆夏ちゃん、新さんからの連絡が入ったらすぐに出られるよう、スマートフォンを握りしめている。

私も新さんに【出産はまだまだだから、急いで来なくて大丈夫】とメッセージを送ってある。

破水しているので早まることもあるらしく、不測の事態があれば帝王切開と言うこともありえると。

母に電話すると、「すぐに行くわ」と興奮気味で言われたが、生まれるまでどれくらいかかるかわからないので、生まれたら連絡するからとやんわり断って切った。

「あ！　お兄様着いたみたい」

帆夏ちゃんが廊下に出てすぐ新さんが現れた。

自宅に寄らずにそのまま来たようで、スーツ姿のままだ。いつものように颯爽《さっそう》とした足取りで、ベッドの上の私のところへやってくる。

「遅くなってすまない」

「急いで来ないで大丈夫って送ったじゃないですか。出産はまだまだみたいですよ」

ずっと強がっていたけれど、新さんが来てくれてホッとした。

「帆夏ちゃん、付き添ってくれてありがとう。あなたがいてくれて心強かったわ」

「帆夏、ありがとう。下で父さんが待っている」

「えー出産までいたいのに……」

総帥の会食に同行していたので、新さんは運転手付きの総帥専用車に乗っていたようだ。

彼を病院へ送るついでに、義父は帆夏ちゃんを迎えに来てくれたとのことだ。

「心音、父さんも母さんも、生まれたら来ると言っていた。帆夏、行きなさい。生まれたらすぐに連絡するから」

「うん。わかった。じゃあ……お義姉様、頑張ってね」

笑顔で返事をしようと口を開いたところで、再び陣痛がやってきた。

ひと晩陣痛に苦しみ、常に新さんがそばにいて腰を擦ってくれていた。

代われるものなら代わってやりたいと、新さんも顔を歪ませてつらそうだった。

そして空が白み、太陽が昇り明るくなった早朝六時、無事に出産した。

「おめでとうございます。とてもかわいい女の赤ちゃんですよ」

胸の上に生まれたての小さな赤ちゃんを乗せられる。

私たちの赤ちゃん……はじめまして。あなたに会えてうれしい。

体中痛いし疲弊《ひへい》してフラフラだったけれど、赤ちゃんの姿を見たらそんなのはどこかへ飛んでいってしまった。

「心音、お疲れさま。ふたりが愛おしくて胸がいっぱいだよ」

看護師がそばにいるのに、新さんの蜜のような甘く優しい言葉に頬が熱くなる。

「ふふ、赤ちゃんの成長が楽しみですね。生まれたての今でさえ、びっくりするくらいかわいいですよ。では、赤ちゃんはこちらで引き取り、あとで連れてきますから、今はお休みください」

そう言って看護師は赤ちゃんを抱き上げ、部屋から出て行く。赤ちゃんの温もりが離れて、途端に寂しくなる。

「心音、ありがとう。大変だったな」

ふたりきりになって新さんの唇がおでこに当てられる。

「人生で一番大変だったけど、無事に生まれてくれて抱いたとき、そのつらさはすっかりなくなりました」

「女性は偉大だよ。眠るといい。俺はうちの両親と君のご両親に誕生の連絡入れるから」

「はい。新さんも家で休んでくださいね。あ！　今日は平日。会社へ……？」

「少し寝てから出社する。面会時間内にまた来るよ。もう目がトロンとしている。目を閉じて、ゆっくりおやすみ」

言われるままに瞼《まぶた》を閉じると、そっと唇が触れるのを感じた。

「おやすみ」

「おやすみ……なさい」

眠りに引き込まれる中、ドアの開閉音が微《かす》かに聞こえてきた。


一カ月後。

十月の中旬、いつの間にか上着が必要になる季節になっていた。

九月十一日に生まれた赤ちゃんの名前は〝桃花《ももか》〟に命名された。

私と新さんの思い出のピンクイルカから、〝ピンク〟をとった名前だ。

私たちは「ももちゃん」と愛称で呼んでいて、彼女は両家族から愛され、生まれて一カ月経ったばかりだが、すくすく成長している。

顔つきも少ししっかりしてきて、ますます愛らしく、新さんも目に入れても痛くないほど大事にかわいがっている。

「ただいま」

ソファで桃花にミルクを上げていると、新さんがリビングに姿を見せる。

時刻は二十時になろうとしていた。最近はなるべく早く帰宅してくれようとしている。

「おかえりなさい。お疲れさまでした」

桃花が生まれてからインターホンを鳴らさないようになり、出迎えもしなくていいと言われた。

たしかにミルクの最中に出迎えはできないし、ウトウトしているときにインターホンの大きな音で驚かさないようにしてくれるのは助かる。

「心音もお疲れ。寝ながら飲んでいるのか」

「ふふっ、起きてなくて残念って顔していますね。ゲップをさせるので目を開けるかもしれませんよ」

「着替えてくる」

新さんはベッドルームに消え、すぐに長袖のTシャツとチノパンに着替えて戻ってきた。ちょうどミルクを飲み終わったところだ。

肩のところに桃花の顔がくるように縦に抱いて、背中を優しくトントンと叩《たた》く。

隣に座る新さんは桃花の頬にチョンと触れる。

小さくゲップをするも、そのまま寝入ってしまったようだ。

「残念ですね……」

「仕方ない。ベッドへ連れて行こう」

「お願いします。夕食を温めてきますね」

新さんは私から桃花を受け取ると、その小さな頭に口づけを落とし、ベッドルームへ連れて行った。


お風呂から上がって髪を乾かしたあと、寝室にあるベビーベッドで眠る桃花の様子を見てからベッドに近づく。

ベッドでは新さんが体を起こしタブレットを見ていた。

私が隣に潜り込むと、タブレットの電源を落としてサイドテーブルに置く。

新さんは片肘をついて私へ体を向ける。

「一カ月健診はどうだった？」

「問題なく成長していると言ってもらえました」

母乳はちゃんと出ていたが、最近になって少し出が悪くなり、足りない分はミルクと混合授乳になっている。

「それで……」

今から話すことに躊躇《ちゅうちょ》して言葉に詰まる。

「それで？」

新さんが美麗な顔を傾《かたむ》けて続きを促す。

「夫婦生活をしても大丈夫だと……」

私から誘っているみたいで恥ずかしくて、新さんから視線を外して俯《うつむ》く。

彼の長い指が私の顎をすくい、上に向かせた。

「本当に？」

新さんが口元を麗《うるわ》しく緩ませる。

「はい」

「抱いてもいいか？　本当に体は大丈夫？」

「……だと思います。すごく久しぶりなので……とても恥ずかしいですけど……」

次の瞬間、新さんは体を起こして、あっという間に私を組み敷いていた。

「子供を産んだのに初々《ういうい》しい心音が君らしくて大好きだ」

大きくて節のある男らしい指が私の唇の輪郭をなぞる。その指の動きが官能的で、ドクンと心臓が暴れ始める。

軽く緩ませた唇が私の唇を塞《ふさ》いだ。唇は甘く食《は》まれ、何度も角度を変えて押しあてられ、口腔内に温かい舌を忍ばせた。

緊張で強張《こわば》っていた体の力が抜けていく。

ナイトウエアを脱がされ、ブラジャーも外される。

彼の唇が耳朶を舐《ねぶ》り、鎖骨から胸に下りていく。

「ももの匂いがする」

胸のふくらみを下からすくい上げて、唇が尖《とが》りを見せる頂《いただき》を含んだ。

「そ、それは母乳の……んっ、ふ……」

桃花に飲ませるのとは違う舌の動きに、下腹部が疼《うず》き始める。

じゅわと胸が張ってきて、新さんの唇に吸いつかれてビクッと腰が浮く。

彼は顔を起こし、独占欲に満ちた眼差《まなざ》しでじっと見つめてから唇を再び塞いだ。

ほんのり甘味のある薄い味が口の中に広がる。

「こんな味だったんだな。本当に女性の体は神秘的だ」

「す、吸わないでください」

顔に熱が集まり、たしなめる私に新さんは口元を緩ませる。

「そういう顔も俺の欲情を誘う。どれだけ待ったか……心音を抱ける日を、首を長くして待っていた」

「そんな素振りはまったく見えませんでした」

「ポーカーフェイスってやつかな。野獣の部分を隠していたんだ」

私は告白する新さんの頬に手を伸ばす。

「野獣になっていいですよ」

すると、彼は首を左右に振る。

「おそらく体はまだ完全に戻っていないはずだ。優しく抱くつもりだが、痛かったらすぐに言って」

新さんは宣言どおりに、痛みをまったく感じさせずに私を抱いた。彼の前では女性でいたい。

求められることが幸せで、新さんがもたらす快楽に溺《おぼ》れていった。

「愛してる。君を見つけた俺は幸運な男だ」

「愛してます。それを言うのは私です。これからもずっと……」

桃花が生まれ、今まで以上に日々幸せを感じる。

どん底だった私を愛し、ピンチのたびにヒーローのように現れ、私を救ってくれた。

新さんに出会えて幸運だったのは私。

私は何も失っていないけれど、新さんは私のために人生を変えてくれた。

彼は最高の男性で、極上の夫――。

五年後――。

『機長の斎穏寺《さいおんじ》です。本日はジャパンオーシャンエアーをご利用いただき、ありがとうございます。香港《ほんこん》までは約四時間のフライトを予定しております。到着予定時刻は現地時間夜八時です。今一度シートベルトをご確認ください。まもなく当機は東京《とうきょう》国際空港、羽田《はねだ》を離陸いたします』

あの頃と変わらない心地よい低音の声にうっとりする。

「ママ、パパじょうずね。でも、こんなおおきなひこうき、うごかせる？」

通路を挟んだ斜め前のラグジュアリーな椅子《いす》に座る桃花《ももか》が、私の方に身を乗り出して心配そうな顔で見る。

生まれつきブラウンの髪は少しくせ毛で、顔の周りに柔らかい髪がクルクルしていて愛らしい。

「心配しなくて大丈夫よ。パパはこれよりももっと大きな飛行機の操縦をしていたのよ」

「せっかくパパがうごかすのに、そうくんとはやくんは、ねちゃってる。もったいなーい」

桃花は四歳、インターナショナルスクールに通うおしゃまな女の子になった。

そして、桃花が生まれて翌々年の七月、颯太《そうた》と颯斗《はやと》の双子の男の子を出産し、わが家は賑《にぎ》やかな五人家族となり、幸せな毎日を送っている。

二年前、新《あらた》さんは引退する父親のあとを引き継いだ。

JOAグループの新総帥となり、プライベートジェット機を追加で数機購入し、顧客のニーズに合わせて運行させている。

この新事業はセレブたちに好評で、着実に業績を上げていると新さんから聞いている。

新さんの今回の操縦はサプライズだった。

普段はジャパンオーシャンエアーのパイロットと副操縦士が、操縦を行っている。

今回のフライトのために彼は私に内緒で飛行訓練と飛行時間を経て、今、プライベートジェット機の操縦桿を握っていた。

今朝、この飛行機に案内され、新さんが操縦桿を握ると聞いて涙が止まらなくなる。

新さんからすると、プライベートジェット機なんて子供のおもちゃみたいな感覚ではないだろうか。

機体は滑走路を走行し、覚えているとおり静かに離陸した。

また泣きそうになっちゃう……。

「わー、パパすごーい！」

桃花が手を叩《たた》いて拍手すると、操縦席の方で笑い声が聞こえる。

このフライトには副操縦士と男性のＣＡ《キャビンアテンダント》も乗っている。

しばらくして、シートベルト着用サインが消える。

「ママ、たっていい？」

「パパの所へ行ってはだめよ」

「はーい」

桃花は機体の後方にある、会議もできる大きなテーブルに自分のカバンを持っていく。

見ていると、カバンからお絵描きセットを出して描き始めた。

私も座席を離れ、双子たちの様子を窺《うかが》う。

前に座らせていた颯太と通路を挟んだ席にいる颯斗は、ぐっすりと眠っている。

ふたりとものんびりした性格で、こういったときでもマイペースだ。

彼らは新さんの小さい頃によく似ていると義父母から聞き、彼の幼い頃の写真を見せてもらうと本当に似ていた。

今はプクプクしたほっぺたがかわいらしいが、二卵性双生児なので、だんだんと個性が出て来るのではないかと思っている。

そこへCAの男性が近づいてくる。

「奥様、食事はいかがいたしましょう」

「とりあえず私と桃花の分だけ、後方のテーブルにお願いします」

「かしこまりました」

CAは前方のギャレーへ消え、私は桃花の元へ行く。

「あら、飛行機の絵ね。上手じゃない」

褒《ほ》められた桃花はニコッと笑い、うれしそうに絵の説明をする。

「これはー、パパとママ、そうくんとはやくんとわたしっ」

「素敵《すてき》よ。旅行の記念になるわね」

すると、前の座席の方から双子たちの「ママー、ママー」と呼ぶ声が聞こえてきた。

二歳四カ月なので言葉はまだうまくないが、一生懸命話す姿はかわいい。

ふたりの元へ行きシートベルトを外してあげると、彼らは姉のところへ行く。

お絵描きの邪魔をする弟たちに、桃花が怒っている。

「ももちゃん、ご飯食べるからお片付けしてね」

「はーい」

桃花はカバンの中にお絵描きの道具をしまい、双子たちは不満そうにしている。

「ご飯を食べたら遊びましょうね」

三人は元気に返事をし、食事が運ばれるのをおとなしく待つ姿に、私は笑みを深めた。

香港国際空港に到着する間際、窓から香港の百万ドルの夜景が見え、双子にはその美しさはわからないようだが、桃花は「きれーい」と手を叩いて喜んでいた。

私が香港へ来るのは、新さんの最後のフライト以来だ。

変わらない美しい輝きを放つ夜景に見惚《みと》れているうちに、着陸態勢に入った。

何事もなくスムーズに着陸して、新さんが私たちのもとにやって来る。

「お疲れさまでした」

パイロットの制服姿の新さんは五年経ってもよく似合っていて、私の鼓動をドキドキさせる。

「パパ、こんなおおきなひこうきを、うごかせるなんてすごいね」

桃花が父親の脚に抱きつくと、双子たちも真似《まね》をして反対の脚に抱きつく。

「ありがとう。君たちを乗せているから緊張したよ。心音、桃花を頼む。颯太と颯斗は任せて」

新さんはクルーに挨拶《あいさつ》をして、降りる準備を始めた。

翌日は私と新さんの思い出の地、ピンクイルカのいる大澳《タイオー》へ出掛けた。

十一月の香港は青空が広がり、二十二度前後の過ごしやすい気温だ。

あのときはフェリーだったが、今回は子供たちもいるので送迎車をチャーターして向かう。

まだ小さな子供たちにとって、あの場所はさほど面白くはないかもしれないけれど、いつか家族でもう一度ピンクイルカを見に訪れたかったのだ。

見られるかは運しだい。

私たちは今回も運が良かったようだ。

三頭のピンクイルカが泳いでいるのが見られた。けれど、桃花には「ピンクじゃない」と言われてしまった。どうやら、想像していたのと違っていたようだ。

たしかに綺麗《きれい》なピンク色とは言えないが、ホテルに戻ってから桃花はクレヨンでピンクイルカを描いて私たちを驚かせた。

子供たちが寝静まり、ホテルのスイートルームのリビングでスパークリングワインとイタリアンの前菜をおつまみに、新さんとふたりだけの時間を味わっている。

「新さん、今回は本当に驚かされたわ」

「操縦桿を握ったこと？」

彼は麗《うるわ》しく微笑んで、フルートグラスを形の良い口につける。

「またパイロットの姿を見られて感激のあまり涙が出ちゃいました。思い出の地へ、新さんの操縦で来られて良かった」

「君と出会えた香港は、俺にとって一番好きなところだ」

並んで座る新さんの手を恋人繋《つな》ぎで握る。

「またピンクイルカを見られたので、家族がさらに幸せになりますね」

「ああ。そうだな」

繋いだ私の手の甲に唇が当てられる。

「新さん……今まで話していなかったことが」

「心音？」

心配げに眉を曇らせる新さんに向けて、慌てて首を振る。

「あ、悪いことじゃないです」

占い師のおばあさんから言われた話をすると、新さんは感慨《かんがい》深げにうなずく。

「その占い師は本当にすごいな。俺が心音を思う気持ちもズバリ当てているし、子供は三人か……」

「あのときはすごく悩んでいたので、おばあさんの言葉に救われました」

「そうだったのか……。いや、もちろんパイロットを辞めると知れば心音は胸を痛めだろうと思っていたが、君のせいじゃない」

「なんでも見通していたおばあさんは仮の姿で、本当は神様だったのかなって時々思います」

そう言うと、新さんはクッと喉の奥で笑う。

「そうかもしれないな。だが、子供三人はどうだろうか？」

「え？」

「まだ増える可能性はあるんじゃないか？　三人が見えると言っただけだろう？」

新さんの顔がぼやけるくらいに近づいて、唇が甘く重ねられる。

ふわりと抱き上げられて、彼の膝の上に向き合う形で乗せられる。

「一理ありますね」

「だろう？　子供たちはぐっすり眠っている。一緒に風呂へ入ろう。夜景を眺《なが》めながら飲むのもいい」

「ロマンティックだわ。新さんにはまだ私の知らない一面があるみたい」

「ああ。今日はとことん探求するっていうのはどうかな？」

「ふふっ、そうしましょう」

微笑みを浮かべる彼の整った顔を両手で囲むと、私から口づけた。

END

# あとがき

こんにちは。『極上パイロットの懐妊花嫁～一夜限りのはずが、過保護な独占欲に捕らわれました～』をお手に取ってくださりありがとうございました！

今回の舞台は大好きな香港。執筆中だけでなく、今も香港にめちゃくちゃ行きたいです。香港だけではなく、書いている舞台の場所へいつも思いを馳せているのですが。

皆様には作品をお読みいただき、旅行した気分になっていただけたらうれしいです。

オタクな当て馬はいかがだったでしょうか？　気持ち悪かったですよね？　どなたかにきららちゃん人形作ってほしいです（笑）

美麗なカバーを描いてくださったのは秋吉しま先生です。凛々しい新に抱きかかえられる心音、飛行機が飛ぶ空がとても綺麗です。秋吉先生、ありがとうございました。

出版するにあたり、ご尽力くださいました編集の山本様、ハーパーコリンズの編集部の皆様、この本に携わってくださいましたすべての皆様に感謝申し上げます。

若菜モモ

マーマレード文庫

極上パイロットの懐妊花嫁
~一夜限りのはずが、過保護な独占愛に捕らわれました~

2023年11月15日　第1刷発行　定価はカバーに表示してあります

著者　若菜モモ　©MOMO WAKANA 2023
発行人　鈴木幸辰
発行所　株式会社ハーパーコリンズ・ジャパン
東京都千代田区大手町1-5-1
電話　03-6269-2883（営業）
0570-008091（読者サービス係）
印刷・製本　中央精版印刷株式会社


ISBN-978-4-596-52944-2



m a r m a l a d e b u n k o